私たちのおやつの時間

咲乃月音

宝島社文庫

宝島社

目次

私たちのおやつの時間

〔第一章〕リコとマドのガジャルハルワ

——インドのおやつ

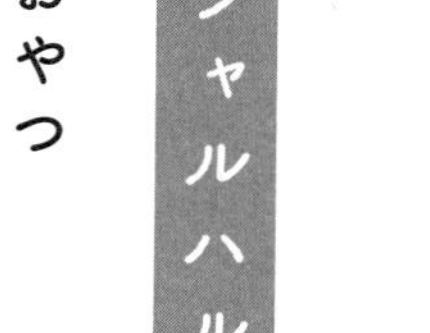

京人参《にんじん》がインドの人参に似てるっていうのはマドから教わった。自分の生まれ育った街、京都《きょうと》と、マドが生まれ育ったインドが繋《つな》がってるような気がして嬉《うれ》しかった。あの日、マドに恋し始めたばかりのあたしの気持ちは、そんな他人《ひと》が聞いたら笑うような些細《ささい》なことで、ぎゅっと幸せに包まれた。

あれはもう三年前、日本に移ってきて間もなかったマドをお正月の京都の街へと案内することになった日のこと。

待ち合わせの場所にマドは着ぶくれてモコモコの姿であらわれた。何枚着てるんですか?と、目を丸くしたあたしに、わかりません、持ってる洋服、着られるだけ着てきました、だってリコさんもキリコさんも京都のお正月は特別にすごくサムイって言ってましたからと、子供用のスキー帽みたいな大きなぼんぼりと耳あてがついた毛糸の帽子までかぶったマドが悪戯《いたずら》を咎《とが》められた子供みたいにバツの悪そうな顔になったのに、あたしは思わず吹き出した。そして吹き出した瞬間、心がきゅっと切ない音をたてた。えっと思わず胸元を押さえた。何かを止めようとするみたいに。アカンかったけど。当てた手の平のずっと下のほう、心の奥のほうからこそばいような気持ちがぷくぷくぷくぷく湧きだして、あたしの中をいっぱいにした。後になってもずっと覚えてる。マドに恋したあの瞬間。心を満たしていったこそばゆい幸福感。

——これって一目ぼれ?　いや、会うのは二へん目やから二目《ふため》ぼれ?

どっちにしても今までのあたしには起こったことがないことやった。あたしは何をしても他人《ひと》より時間がかかるほうやった。歩くのも食べるのも話すのも、そして恋をするのも。それまで他人《ひと》に話せるほど恋なんてしたことなかった、ゆっくりじんわり心が温《あった》められていつの間にか好きになってた――そんな風な恋しかしたことがなかった。初めて味わう、心が幸せなくすくすく笑いをしてるような感覚に包まれながらも、あっと言う間すぎる自分の気持ちにあたしは戸惑うてた。それまで感じたことのない速さで動き出したそれに置いてかれそうな気がして。

並んで歩くあたしのそんな心の中なんてマドはもちろん気いつくわけもない風で、お正月らしい雲ひとつない日本晴れやけど、清々《すがすが》しくキリリと冷えた空気の中、サムイです、サムイですと、しきりに言いながらも、自分の吐く息の白さや、道端の凍ったちいちゃな水溜《みずた》まりや、それを踏むとするパリパリという音に、その大きな目をいちいちキラキラさせてた。その目が、八坂《やさか》さんへの初詣《はつもうで》に向かう人波を見て今度はまん丸になって、ここはインドより人が多いかもしれないですと、本気で感心してるみたいな声を出した。その手放しの無邪気さにまた思わず笑《わろ》うてしもうたあたしに、マドは一瞬きょとんとした顔をしたかと思うたら、くしゃりと笑みくずれた。その明るい茶色の目に人なつこい光を浮かべながら。そんなマドにまた心をきゅっとさせながら思う。キリコが言うてたとおり、ほんま子犬みたいやなって。無邪気で人なつこくて見てると気持ちがやわやわになって。

マドことマドハヴァディティアはほんの半月ほど前にインドからキリコ——、あたしの小学校からの親友の会社に派遣されてきた。

「なんか、子犬みたいなん来た」

マドが来てすぐ、最近のあたしとキリコのお気に入りのインド料理屋さんのテーブルで、キリコががっかりした声を出した。

「ものすごいデキるシステムエンジニアが来るっていうから、シュッとしたのん想像してたのにぃ。大体うちは猫派やし」

と、文句を言いながら、テーブルの上の籠《かご》の中の、キリコがインド煎餅《せんべい》と呼ぶ、薄くってパリッと香ばしく焼き上げられたパパドを、あっと言う間にパリポリと平らげる。

空《から》になった籠をお代《か》わりっとキリコが頭の上に高く持ち上げたら、ポーランド人の店員のモーニャが笑いながらテーブルに近づいてくる。

「ジェンクイエン」

お代わりの籠を受け取りながら、それしか知らへんポーランド語でキリコがありがとうと言うたら、モーニャは、ここではダンニャワードと、インドの言葉のありがとうを口にして、その長すぎるまつ毛で悪戯っぽくウインクした。

　お店の制服の、目が覚めるようなターコイズブルーのインドの民族衣装のパンジャビドレスがよう似合《にお》うてて、女のあたしでもうっとりと見とれてしまう。英語、日本語、それに最近はヒンディー語と、語学に堪能なポーランドからの留学生のモーニャとはキリコも一緒に通うヨガのクラスで知り合うた。お人形さんみたいに整うた顔だけやなくて八頭身どころか十頭身くらいありそうなスタイル抜群のモーニャは、あまりにも綺麗《きれい》すぎて、クラスの他のみんなは気圧《けお》されてたけど、物怖《ものお》じというものが全くないキリコはあっと言う間に仲良うなって、こうしてモーニャがアルバイトするインド料理屋さんにも二人でちょくちょく通うようになった。

「新たな出会いかと楽しみにしてたのに」

　口をとんがらかせながらも、お代わりのパパドをまた次から次へとパリポリとあっと言う間に平らげてしまいそうなキリコの前からパパドの籠を取り上げる。

「新たな出会いって。キリコには淳平《じゅんぺい》くんがいてるやん」

「別れた」

　あたしが手元に抱えた籠にニュッと手をのばして、キリコが最後の一枚のパパドをとってしまう。

「またぁ？」

「うん。またお代わり」

キリコが空になった籠をさっと取り上げて、持った手を高くあげる。パパドのこと言うてるんとちゃうねんけどと言うあたしに、どっちも、またやもんと、キリコがニッと笑う。

「そんな顔せんでも」

眉毛めっちゃ下がってんでと、あたしの眉毛をおかしそうに指さす。

「よう飽きひんなぁ」

「飽きひんって、何が？」

「よう飽きんとうちと淳平のこと心配してくれるなぁってこと。うちやったらもうとっくに飽き飽きやわ」

二へんめのお代わりのパパドをまたパリポリと食べながらキリコがあっけらかんとそんなことを言う。確かに大学生の時から付き合うてるキリコと淳平くんは今まで何べんくっついたり別れたりしたかわかれへん。けど、つむじ風みたいにクルクルとじっとしてへんキリコと、型にはまるんが嫌いでいつも新しい景色が見たいボヘミアンみたいな淳平くん。キリコには淳平くん、淳平くんにはキリコやないとアカンとあたしは思うてる。キリコはあたしのその考えに賛成してくれたことないけど。

それに、とっくに飽き飽きやなんて、それはあたしが時々キリコに訊《き》きたくなることやった。こんなあたしに飽き飽きしてへん？って。何をしても他人《ひと》よりテンポが遅いあたしのことを、いつも背中を押したり、励ましたりしながら、小学校の頃からずっと一緒にいてくれたんはキリコやから。

ほんで今回は何が原因なん？と、淳平くんとのことを聞きかけたところで、

「あ、来た、来た」

と、キリコが腰を浮かした。こっち、こっちとその手を振るほうを振り向いたら、インド人らしい背の高い男の人がニコニコしながらこちらに向かうてくるのが見えた。

「子犬や。お故郷《くに》の味が恋しいみたいやったから呼んだ」

呼んだって、そんな急に、聞いてないしってキリコを責める言葉があたしの口から出る前に、もうその人はあたしらのテーブルのとこまで来てしもてて、

「初めまして、マドハヴァディティアです」

と、ニッコリとした。

それがマドと会うた初めてのとき。あの日は、マドの屈託のなさや、日本語のあまりの堪能さに感心はしたけど、ただそれだけやった——と、思うてたけど、今になってみると全然それだけやなかったかも。マドにとって初めての日本のお正月、一緒に街を案内しょうってキリコが言い出したとき、人見知りがちのあたしにしては珍しくすんなり頷《うなず》いたし。それに、そのお正月の計画が、キリコがまた淳平くんとヨリを戻

して、年越しはバヌアツで一緒にすることになったから、マドのお正月案内、ひとりでしたげてなって言われて急に変更になったときも、うん、わかったってあっさり答えたし。いつものあたしなら、よう知らん、それも外国の男の人をひとりで案内して廻《まわ》るなんて、そんなん無理ってきっと言うてたやろうに。それは、毎度のこととはいえ、こんなに早く淳平くんとヨリを戻して、その上、バヌアツっていう耳にしたこともないとこへ、ようわかれへんけど、おもしろそうやから行ってくるわと、あっけらかんと言い放つキリコらしさに毒気を抜かれたこともあったけど。それでも、心配させといてこんなすぐにまたヨリを戻してとか、マドを案内しようっていうのはキリコが言い出しっぺのくせにとか、そんな言葉が出てもええ場面やったかもしれへんのに、あたしの頭には、インド料理屋さんで、美味《おい》しいです、嬉しいですと、出てくる料理、出てくる料理に目をキラキラさせてたマドの顔が浮かんでて、どこに連れてったら、あんな風に喜んでくれるかなって、そんなことを考えてた。

心の奥のほうで生まれだしてた思いをあたしは知らん顔しようとしてたんかもしれへん。そんな風に会ったばかりの人に心を動かされることなんて、それまでなかったから。今はもうわかってる。知らん顔なんてできひんことを。戸惑うぐらいにあたしの中をいっぱいにしてるこのマドへのぷくぷくと溢《あふ》れ出しそうな気持ち。

自分の気持ちの感触なんて伝わってくるわけもないのに、それを確かめるみたいに時々胸元に手を当てながら、足踏みのような足取りでしか前に進まれへん八坂さんへの道をマドと並んで歩く。やっと辿《たど》り着いた八坂さんの境内も初詣の人でぎゅうぎゅうやったけど、マドは鮮やかな色と美味しそうな匂いが溢れるずらりと並んだ屋台や、華やかな晴れ着姿の人らや、売店に並んだ破魔矢《はまや》やお守り、からんからんとひっきりなしに鳴る鈴の音なんかの一々に嬉しそうに顔をほころばせて、初めて目にする日本の初詣というものを心から楽しんでるように見えた。

　それでも、ごった返してた境内からようやく抜け出て、どうしましょう、もういくつか神社を案内しましょうか？　それとも、ちょっとお休みしましょうか？というあたしの言葉には、ちょっとお休みがいいですね、すごい人で少し目が回りそうになりましたと、マドはその大きな目をくるりとお茶目に回してみせた。じゃあ、お正月の美味しいものでも食べに行きましょうかと言ってみると、美味しいものっと、声を弾ませたマドがくしゃっと笑うた。

　学生の頃からずっと御贔屓《ごひいき》の甘味処《どころ》の前で寒さに足踏みしながらしばらく並んで待ったあと、やっと入れたお店の中も初詣帰りのお客さんでいっぱいやった。待つ間に、どんな美味しいものが食べられるか楽しみですとわくわくした顔をしてたマドは、メニューの中のお雑煮《ぞうに》の写真に一番に目を惹《ひ》かれたらしく、お正月に食べる特別なスープだというあたしの説明に、それ是非食べてみたいですと目を輝かせた。

混んでるだけあって、注文したお雑煮は中々きいひんかった。それでもあたしと向かいあったマドはモコモコに着ぶくれした身体をすくめるようにして座りながらも、お正月らしく羽子板《はごいた》の形をしたお箸置きを手に取ってしげしげと眺めたり、白い割烹《かっぽう》着《ぎ》姿できびきびと立ち働く店員さん達や、壁に掛けられたセピア色のお品書きの短冊なんかを嬉しそうに見回したりして飽きひん様子やった。

そして、ようやく、お待ちどうさんどすと、つやつやと光る赤い塗りのお椀《わん》が前に置かれたときにはマドのその目はいっそうキラキラした。キレイですねと、お椀に見とれた目を向けるマドに、うん、キレイって相槌《あいづち》打ちながら、あたしが見とれてたんはお椀にのばされたマドの形のいい長い指やったけど。マドがそのキレイな指でお椀の蓋《ふた》を大事そうに開けたら、湯気と一緒にお雑煮の何とも言えんええ匂いがふわりと漂い出た。こっくりとした白味噌《みそ》のお出汁《だし》の中に入ってるのは丸い煮餅《にもち》、エビ芋《いも》、お大根、そこに京人参の紅《べに》色、三つ葉の緑色、柚子《ゆず》の折れ松葉《まつば》の黄色が華やかな彩りを添えてておお椀の中にお正月のおめでたさが詰まってるよう。わぁーと、マドと二人、口から思わずこぼれた嬉し気な声がピタリとはもって目を見合わせる。通じ合うたことで幸せな気分が二倍にふくらむ。

「食べるのがモッタイナイくらいキレイです」そんな日本人みたいな言い回しを流暢《りゅうちょう》に口にしたマドが、でも、モチロン食べますと、片目を悪戯っぽくつむってから、いただきますと丁寧に手を合わせた。あぁ、かなんなぁって、ちょっと困ってしまう。マドがすることがあたしの目にいちいち好ましく映ってしもうて。

「これはナンですか？」

いそいそとお雑煮を食べ始めたマドが、器用に箸の先で糸カツオをつまんでしげしげと見る。

「それは鰹節《かつおぶし》、元々はカツオっていうお魚で——え？　魚、食べてはダメでした？」

——キリコからは、マドは食べるもんの制限はないって聞いてたけど、もしかしてアカンかった？

インドの人は食べるもんの制限が多い。ベジタリアンの人だけでなく、ヴィーガンの人も珍しくないと聞く。

「わーお、これ魚ですか？　魚、全然ダメじゃないです。大好きです」

マドが嬉しそうに糸カツオをパクリと口に入れて、うん、美味しいですと頷きながらあたしをうかがうように見る。

「ダジャレでした」

——ダジャレ？

「インドのパンのナンとナンですかのナン。インド人ならではのダジャレだと思うのですが、どうでしょうか？　おもしろいですか？」

――インド人ならではのダジャレ？

あまりの不意打ちと、大真面目な顔であたしにそう訊くマドの様子に思わず吹き出してしもうた。

「あ、リコさん、笑ってくれました」嬉しいですと、今日何べん目かのマドのくしゃくしゃ笑い。ほんま、かなん――と、どぎまぎしてるあたしになんて気いついてへんマドがお雑煮をニコニコしながら食べすすめるんに、あたしも気持ちをお椀に戻す。ほくほくのエビ芋、ほろ苦いお大根、そしてとろとろになったお餅――、じっくりと火を通された馴染《なじ》みのある京風のお雑煮の具がまろやかで甘みのある白味噌のお出汁とまじわって、口の中に幸せな美味しさが広がる。

「これはニンジンですね」

かわいいカタチですねと、今度は梅の花の形に切られた京人参をしげしげと眺めたあと口に入れたマドが、ぱっと目を見開く。

「このニンジンはインドのニンジンと似ています」嬉しいですと、マドが目を優しく細める。

確かに京人参は細くて紅色のその色形だけやなくて、柔らこうて甘いその味も西洋人参とはちゃう。インドの人参ってこんな味なんやって、食べ慣れた京人参を新鮮な気持ちで味わいながら、あたしも嬉しくなった。自分の生まれ育った京都とマドが生まれ育ったインドという国の思わぬ繋がりを見つけたような気がして。

「マドは子供の頃、ニンジンが大嫌いでした。でもお母さんが作ってくれるニンジンの sweets は大好きでした。懐かしいなあ」

しみじみしたマドの声。それはきっとマドにとって特別で大切な思い出の味なんやろう。

「人参のおやつ？」

「はい、ガジャルハルワというニンジンのおやつです」

マドをこんな優しい顔にする、その特別で大切なおやつ——。

「食べてみたい」

言葉が思わず口からこぼれた。マドは一瞬きょとんとした顔になったけど、

「今度、一緒に食べましょう」

と、すぐに優しい目でニッコリとした。返事の前のほんの一瞬空いた間《ま》に、もしかして慣れ慣れしすぎたかもと、しおれかけたあたしの気持ちが途端に幸せに膨らんだ。

そんな風にそれからもマドと会う度《たんび》に、あたしの気持ちはしおれたり膨らんだりしながらも、あっと言う間にすっかりマドでいっぱいになってった。

お正月に初めてマドと出かけて以来、気いついたらほぼ休みの度《たんび》に色んな場所を案内して廻ってた。

清水寺《きよみずでら》、金閣寺《きんかくじ》、伏見《ふしみ》のお稲荷《いなり》さん、石庭《せきてい》、保津川《ほづがわ》下りで舟に乗り、嵯峨野《さがの》のトロッコ列車にも乗った。どこに行ってもマドは見るもの聞くものに大げさなほど無邪気に喜んでくれた。

そんなマドが「日本はウツクシイ国だと知っていましたが、こんなにウツクシイなんて」と、ため息ついたのは、もう三月やのに思わぬ寒《かん》の戻りでちらちらと小雪が舞う日やった。

京都らしい足元からのしんしんとした寒さが身体の芯まで冷えきらせてしまうような底冷えの中やったけど、マドを竹林《ちくりん》の小径《こみち》へと案内した。雪の日も格別にきれいな竹林をマドに見せたかった。

昨日の晩から降ってた雪でうっすらと雪化粧をまとうた竹が天までのびている。竹に囲まれてちいちゃな丸い形に切り取られた空は薄墨《うすずみ》色をしてて、そこからちらちらと、白く儚《はかな》いかけらのような雪が舞い落ちる。その中でひっそりただじっと佇《たたず》んでる竹は、他の季節の青々として伸びやかな生気あふれる姿とはちがうて見えるけど、その佇まいはやっぱり凛《りん》としてる。

さっきまで、帽子をかぶってくればよかったです、サムイですとしきりに言うてたマドも、心打たれた様子で静かに辺りを見回してる。

こんなお天気のせいか人影はほとんどなく、しんとした空気の中、聞こえてくるのは、自分たちの歩く音くらいで。時折すれ違う人らも、ひっそりとした空気を損なわへんようにと気遣うてるのか、その話す声は低い。

「わたし、竹が好きなんです。色や形はもちろんやけど、しなやかで、でも強くて真っ直ぐで、どんなときも凛としてるそんなとこが」

あたしも低い声で話す。この日本語の意味、全部伝わってるかなって思うたあたしを、竹林に目をやってたマドが、ふっと振り返った。

「マドは？」

「え？」

「マドのことは好きですか？」

思わず冗談めかした言葉を口にしかけたけど、あたしに向けられたマドの目は真っ直ぐで真剣で、耳のあたりが熱くなる。返事をせなと思うのに、マドの真っ直ぐな視線を受け止めるんが精一杯で言葉が出て来《き》いひん。身じろぎもしいひんマドとあたしの間に雪が静かに舞い落ちる。一瞬を永遠に感じるような気まずさ。

と、ドサリ。どこかで雪が枝から落ちて、その音にマドの目が動いた。

「えっと、行きましょうか」

マドの視線が逸《そ》れた隙を突くようにそう言うて、ぎこちない足取りであたしは歩き出した。もうすっかりまばらになってきた雪に目をこらすようにして。しばらくしてもマドの足音が続いてくる気配がないのに振り向いたら、相変わらず雪を舞い散らせる薄墨色の空をマドがじっと見上げてた。

「ほんで？」

いつものインド料理屋さんのテーブル越し、キリコがじれったそうな声を出す。

「のむらさんでおぜんざい食べて帰った」

「なんやのそれ」

あたしのそこまでの話を聞くのに一籠はあっと言う間に食べてしもうてたキリコが、呆《あき》れた声を出しながらお代わりの籠の中のパパドをまた一枚つまむ。

「そやかて雪は止《や》んだけど寒かったし」

「誰もそんなこと訊いてへんやん。ほんで、リコの気持ち言うたん？って訊いてるんやん」

「気持ちって」

「マドのことが好きですっていう気持ちやんか」あーー、じれったいっ、竹を好きですとか言うてる場合ちゃうやんか、好きやって言う相手間違《まちご》うてるやんと、とキリコが大げさに身もだえしてみせる。

「けど、マドはそんな意味で訊いたんとちゃうかもしれへんし」

「ちゃうかもしれへんし、そうかもしれへん」言葉のリズムに合わせて表裏にひっくり返されたパパドが、パリパリとことさらに立てられた音と一緒にキリコの口の中におさまってく。

「キリコはどう思う？」

あんなと、キリコが身を乗り出す。

「あたしがどう思うてるか訊いてもしゃあないやん。リコの気持ちはリコにしかわかれへん。マドの気持ちもマドにしかわかれへん。本人に訊かな」

また空になった籠をモーニャにお代わりいと振ってみせたあと、

「自分の気持ち、ちゃんと伝えよし。前に進みたいんやったら」おきばりやすって、キリコがポンポンとあたしの頭を叩《たた》いた。

「伝えても前に進まないってわかってるときはどうしましょう」

パパドの籠をとりに来たモーニャが会話に入ってきた。

「伝えんといたらええやん」

あっさりとそうキリコが答えたんに、え？と、モーニャの目には戸惑いの色が浮かんで、そのほっそりとした眉をちょっと曇らせた。

「ほらそんな顔して。そんな顔すんのはめっちゃ伝えたいから。どうしましょうって訊くんはようあきらめんから、そうとちゃう？」

着てるパンジャビドレスの色を映したように青いモーニャの目が泳ぐ。

「そんなに思うてるなら伝えてみよし」

「前に進まないかもしれないのに？」

「けど今とはちゃうとこにはきっと行けるよ」

「イマトハチャウトコ」

キリコの言葉をぎこちない関西弁のイントネーションで繰り返して、ちょっと小首をかしげたモーニャやったけど、お代わりとってきますと、気を取り直したように言うてテーブルを離れた。その後ろ姿がどこか頼りなさげに見える。

モーニャと会うまではポーランド人の知り合いなんていいひんかった。知り合いどころかポーランドという国が地図の中のどのあたりにあるかも、ぼんやりとした感じやった。

ヨガのクラスでモーニャを初めて見かけたときは、あまりにも整いすぎた姿形《すがたかたち》に正直ちょっとひいた。キリコは全然臆さんと、あんた、ＣＧで作ってもうたみたいな完璧な別嬪《べっぴん》さんやなぁ――なんて話しかけて、キレイすぎて黙ってたら一見冷たそうにも見えるモーニャがどんな反応するんかハラハラしたけど、モーニャはものすごく嬉しそうにニッコリした。

それからは、クラスのあとにはいつもお茶をしたりするようになって、キリコもあたしも素直で優しいモーニャのことが大好きになった。こんなもの柔らかい感じの人もいてはんねんなぁ、外国の女の人ってみんな気いきついんかと思うてたわ、モーニャは特別やなって、キリコが失礼すぎる褒め言葉か何かわからへんことを口にしたとき も、別に特別じゃないです、ポーランドの女の人はみんなこんな感じですとおっとりと笑うた。

嘘《うそ》やんと、キリコが早速スマホで『ポーランド　女の人　性格』とググったら、慎《つつ》ましい、優しい、真面目、家庭的、そんな言葉が出てきた。いややわ、うちよりよっぽど大和撫子《やまとなでしこ》やんかとキリコが言い、スマホの画面を三人で覗《のぞ》き込みながら笑うた。

それまでモーニャから好きな人の話を聞いたことはなかった。パパドが入った籠を持って、またこちらへ戻ってくるモーニャはいつもの柔らかい顔をしてる。その心の中にある、前に進まないとわかってる思い。

「イマトハチャウトコ――、モーニャが言うたらどっか知らん国の呪文みたいに聞こえたなぁ」

モーニャのイントネーションを真似《まね》ながらのキリコの言葉にドキリとする。あたしもさっきから心の中で繰り返してたから。イマトハチャウトコ、イマトハチャウトコって呪文みたいに。

マドから久しぶりにメールがあったんは菜種梅雨《なたねづゆ》でずっとぐずぐずしてた雨がようやく止んだ日やった。竹林の小径に一緒に行った日からは半月ほど経《た》ってた。

ピタリと連絡がきいひんようになってうじうじしてるあたしにキリコは、そんなに気になるんやったら連絡しよし、早うせんと賞味期限切れてしまうでと、キリコらしい発破のかけ方したりするくせに、マドはどうしてる？って、マドと同じ会社のキリコやから訊いてんのに、自分でよう連絡せん人には教えませんと、いけずを言うたりした。

嫌われてしもたんやろか、怒ってるんやろかと、イヤな想像を膨らませてたけど、こんにちは、リコさんと、久しぶりのマドの声にはなんの屈託もなくて、胸につっかえてたものがすうっと取れてくのがわかった。

「今度はどんなところを観光したいですか？　桜がちょうど綺麗ですけど」

それでもそう訊いたあたしの声はちょっと緊張してる。

——あぁ、けど、桜の時期に間に合うてよかった。

一緒に桜が見られたらと思いながらマドからの連絡を待ってた。ほころび始めた桜を思うとふんわりと優しい幸せに心が包まれる。ここ半月の間あれこれ思い、終《し》まいには何で連絡くれへんのんって、マドを責めたいようにさえなってたのが嘘みたいに。

「桜、いいですね。でも、観光じゃなくて、リコさんのお気に入りの場所に行ってみたいです」

「お気に入り？　例えば？」

自分の生まれ育った街、京都には好きな場所はいっぱいありすぎて咄嗟《とっさ》に頭に浮かべへん。

「例えば、デートにいい場所」

「デート？」鼓動と一緒に声もはねる。

「はい、楽しみにしてます」

あんなに長く感じたマドからの連絡を待ってた時間を思うたら、その会話はあっけないほど手短で、思わずぽかんとしてしまう。それに……。

「デートにいい場所」

それはどういう意味なんやろう。マドの言葉を繰り返しながら、その答えを探すみたいに雨の名残が残るうす暗い空にあたしは目をやった。


晴れた。よいお天気。川面《かわも》に光がきらきらと跳ねてる。濃い緑のこんもりとした糺《ただす》の森の向こう、遠くには青い山影がゆったりと横たわってるのが見える。広々とした景色に、ちょっと緊張してたあたしの心ものびのびと開いてくよう。

「いいところですね」

隣りのマドが両腕をのばして、ふーっと、大きく深呼吸した。そのくつろいだ様子にほっとする。

あたしのお気に入りでデートにいい場所――マドの言葉で今日は一緒に鴨川《かもがわ》デルタに来た。高野川《たかのがわ》と賀茂川《かもがわ》がひとつに交わって鴨川になるところにあるこの三角州、鴨川デルタあたりの川辺は、京都に住む人たちの憩いの場として愛されてる。

川辺や三角州のあちこちで、座ってくつろいだり、のんびりと歩いたり、川を渡る飛び石を楽しそうな声をあげながら人が行き交っている。顔にあたる川風はまだちょっと冷たいけど、川べりの桜も咲き出して人出も多い。けどそれも、のどかな川辺の空気に包まれて、どこかのんびりした賑《にぎ》わいに見える。

マドとあたしも、ゆったりと歩きながら川べりの桜を楽しむ。その姿を見られるのは一年のうちのほんのひと時だけやと思うたら、その儚い美しさが目にしみる。毎年のほんのひと時、見るだけで幸せな気持ちになるかけがえのないひと時《とき》をくれるその花を、今日は会いたかった人と一緒に見上げてる。会われへんかった時間が嘘みたいに、目の前と同じ桜色に心がふんわり幸せに染まってく。

「あっちにも」

マドが指さす先、川の向こう側に一際大きな桜の木が見える。それを目指して川の上の飛び石をふたり渡り始める。渡り始めたら、飛び石と飛び石の間の幅が広いんに目を丸くしてたマドが足をふと止める。

「あれは亀ですね、これはナンですか」

またそのダジャレですかと笑うあたしに、いえいえ真面目に訊いてますと言いながらマドも笑うてる。

鴨川には向こう岸へと渡る飛び石がある場所がいくつかある。普通の四角い形の飛び石の他に亀や舟などの形の飛び石もあって、マドはすぐそばの千鳥《ちどり》の形の飛び石を指さしてる。

「あれは千鳥です」

「チドリ?」

「水の近くに住む鳥で、千鳥の形は縁起がいい、あ、グッドラックと言われてます。千の荒波を乗り越えてゆく鳥という意味で」

「センノアラナミ?」

「えっと、千、サウザンドの、荒い波、ワイルドな波です。それを越えてゆくっていうのは沢山の大変なことを乗り越えていけるっていうグッドラックで――」

「それはとってもいい Good Luck ですね」

手で波のようなジェスチャーをつけながらのあたしの苦心の説明に、マドがあたしと千鳥の飛び石を見比べながらニッコリと笑う。千鳥の飛び石の両脇を澄んだ水がさらさらとすり抜けていく。

「あたし、川のそばにいてると気持ちがすごく落ち着くんです」

ひと時も同じ形を留《とど》めんと流れていく川面を眺めながら、途切れることのない川音を聞いてると、自分の中をも川が流れて通ってくような心地になる。耳から流れ込んだ水音があたしの中を静かに浄化してくれるような安らぎ。

「川を身近に感じながら育ったからだと思います。京都は川が多いから」

「マドの育った街にも大きな川があります。みんな川を大切にしていて」川のお祭りもありますと、その綺麗な手を拝むように合わせる。ごく自然なその仕草から、しっくりと身についた川への敬いの気持ちが見てとれる。

――どんな川なんやろう、その川は。

「川は――」と、まだ両手を合わせたままマドが続ける。

「真っ直ぐなときもあれば、曲がることもあります。小さい岩や大きい岩にぶつかることもあります。Life は川のようです。幸せな時間もあれば、悲しい時間もあります。けれど最後には川は必ずその進む道を見つけます」

穏やかな声で一語一語を大切にするように紡がれたその言葉に、あたしの胸はつかえた。心にじんと響きすぎて。

「マドの日本語おかしかったですか？　言ってることわかりませんでしたか？」

何も言えずにただ川面に目を向けてるあたしにマドが心配そうな声を出す。あたしは声を出さずに頭《かぶり》を振る。今口を開いたら気持ちが――自分でもまだどうしてええんかわからへん気持ちが溢れてしまいそうで。

「リコさん」

あたしの名を呼びながらマドが突然ひょいっと千鳥の飛び石に跳び移った。え？と不意をつかれたあたしをマドが振り返る。

「マドはリコさんが好きです」

そう言うたマドがあたしに向けて真っ直ぐに手を差し伸べた。千の荒波を乗り越えてゆく千鳥の飛び石の上から。あたしの心が堰《せき》を切って流れ出した。その一瞬、ずっと耳に響いてた川の音《ね》が聞こえなくなるほどに。大きく一度息を吸い込む。そしてあたしも跳んだ。マドが待つ千鳥の石に向かうて。

「ほんで？」

今日もいつものインド料理屋さんのいつものテーブル越し、キリコの手にもいつものパパド。

「ふたばさんの豆餅買《こ》うて帰った」

「また、なんやのそれ」

「そやかて、鴨川デルタまで行ったらふたばさんの豆餅食べたいやん。えらい並んでたけど」

「そやからそんなん訊いてへんから。言えたん？　リコもマドが好きやって」

好きという言葉が気恥ずかしい。あたしはコクンと頷いて、お付き合いすることになった——とやっと口にする。

「ほんまにやっとこさやな。乾杯しよ。あ、パパドもお代わりせんと」

キリコが空になった籠を振ってモーニャにお代わりの合図をする。

「カンパイ」

チンとキリコとグラスを合わせる。グラスの中身は、あたしはマハラジャビール、キリコはマンゴラッシー。どんなとこをとってもキリコらしさというもんで出来てるようなキリコやけど、なんとお酒が飲まれへん。三口《みくち》ぐらいでグーと眠ってしまう。キリコ自身もお酒を飲まれへんことは残念らしいけど、うち、お酒飲まれへんねんって言うのは楽しいらしい。それで相手が、全然下戸には見えへん、めっちゃ飲みそうやのに、とかいうリアクションをしたら——特にそのリアクションが大きければ大きいほど、楽しいらしい。まあ、あたしとしても素面《しらふ》でこんだけパワフルなキリコがお酒めっちゃ好きでよう飲めて、おまけにものすごい酒癖が悪かったりしたらそれは最強というか最悪なような気がするんで、お酒を飲めないキリコでよかったなと思うてる。

「ほんま、あんたら、かなんかったわ」

「あんたらって、あたしとマドのこと？」

「他に誰がいてるん。リコはマドから好きですかって訊かれても何もよう言わへんし、デートに行きましょうって言われても、うじうじうじ子やったし」

　あ、マンゴがストローに詰まってしもたと、キリコがズズッと思いきりラッシーを吸う。

「デートに行きましょうなんて言われてへんし。デートにええ場所に案内してとは言われたけど」

　竹の小径に一緒に行ってから、しばらく連絡がなかったから、その間に誰か好きな人が出来て、もしかしてその人とのデートの下見のためかもなんてことを思うて凹《へこ》んだりもしてた。

「マドはマドで、自分の気持ちを先に伝えなって言うたら、レディファーストかと思ってとかって、けったいなこと言うし」

「え？　キリコが裏でけしかけてたん？」

「だって見てたらわかるやん。あんたら二人ほんま、かなん」

　これもや、詰まってしもてかなんと、ストローに見切りをつけたキリコがグラスに直《じか》に口をつける。

「それってマドの気持ち知ってたってこと？」

「うん、知ってたよ」キリコはサバサバと言う。悪びれもせんと。

「それやったら、ちょっとくらい教えてくれたらよかったのに。キリコのいけず」

「いけずとちゃう、愛のムチや」

あっと言う間にラッシーのグラスが空になった。キリコは食べるんも早けりゃ飲むんも早い。

「うちはもちろんリコが好きな人とうまくいってほしいと思う。けど、自分らでちゃんと気持ち伝え合いできへんのやったら、やめといたほうがええとも思うてた」

キリコの唇の上にちいちゃい汗の玉が浮かんでる。ちいちゃい時からずっとそう。キリコの気持ちが熱くなると浮かんでくる汗の玉。

「そやないと色んな事乗り越えていかれへん。インドの人との恋は難儀やし」

「難儀？」

浮き立ってたあたしの気持ちがすうっと沈んでく。

「ほら、インドって、未《いま》だにインド人同士でも家族が決めた人としか結婚できへんとかあるみたいやし。まして国際結婚なんて絶対アカンっていう家も多いし」

キリコには大学生のときインド人の彼がおった。他の大学に留学生として来てた二つ年上のその彼とはバイト先で知り合うた。何事にも直球ストレートな彼とは波長が見事なほど合うて、人生ベスト3に入る恋やとキリコは幸せそうにしてた。けど、その彼が春休みにインドに里帰りをしたとき、一緒に行きたいと言うたんに彼にやんわりと断られたキリコは我慢できんとひとりでインドまで追いかけてって、そしてしおれて帰ってきた。彼には親が決めた許嫁《いいなずけ》がいてたって。

ちなみに淳平くんとキリコが知り合うたのもそのインドの旅やった。しおれたキリコを淳平くんが慰めてくれたらしい。

「そんなん、結婚なんて、まだ付き合いだしたばっかりやのに」

誤魔化し笑いしようとしてみたけど、ぎこちない顔になっててんのが自分でもわかる。

「リコは恋愛と結婚、わけて考えるタイプちゃうやんか」

長い付き合いのキリコは誤魔化されへん。

「マドのこと本気で好きなんやろ」

真剣な顔でそう言うキリコに、あたしも真剣に頷いたけど、

「頷くだけやなくて、言葉にせんと。そやないと伝わりきれへんこと、これからいっぱい出てくるで」ほら言うてみと、ダメ出しされた。

「マドのことが好き」

心の中では何べん繰り返したかわかれへんその言葉をはっきりと口にするんは、マ

ド本人に言うてからは初めてやった。胸があつくなって、ちょっと涙が出そうになった。あたしの中でふわふわとしてたもんがはっきりと形になり始めた。

「それでよろし」とキリコが満足そうに頷く。

「何やのよぉ、えらそうに、腕まで組んで」

「そら、うちえらいもん。リコに比べたらうちは恋愛、黒帯級や」

しれっとそんなことを言うキリコに思わず吹き出してしまう。

「もういっぺん乾杯しよう」

ラッシーとパパド、お代わりぃと、キリコが空になったグラスと籠を両手でモーニャのほうに持ちあげてみせた。

あれからもう三年かぁって、付き合いだした頃のことを思い出しながら、京人参を探してさっきからお店をほうぼう五軒も廻ってやっと見つけた。

——手に入ってよかった。

お正月前にはあんなによう見かけてた京人参が、今日はどこのスーパーでも見当たらへんかった。辺りはすっかり青く冷え始めてて吐く息が白い。胸に抱えてるエコバッグからは京人参の葉っぱがのぞいてる。どうかこれで何とかなりますようにと、祈るような思いと一緒にエコバッグをぎゅっと抱きかかえて、あたしは足を急がせた。

ただいまと声をかけたら、玄関先で待ってたビリがにゃあと出迎えてくれた。お尻《しっ》尾《ぽ》をピンと立てて、にゃあにゃあと足元にまとわりつくビリと一緒にリビングに入る。

――あ、眠ってはる。

そおっと支度をしようとしたけど、ビリのおしゃべりが止まれへん。ビリ、しーっと人差し指を口に当てて見せるけど、そのあたしの仕草に目をくりんとさせて、また、にゃあああと返事をする。もう、しゃあないなあと、抱き上げる。普段からおしゃべりやけど、こうしてお留守番をしてたら、しばらくにゃあにゃあとビリのおしゃべりは止まらへん。あたしの膝の上でひとしきり撫《な》でてもうてようやくビリが、いつものお気に入りの椅子の上で落ち着いてくれたんに、やっと用意を始める。

――うまいこと出来ますように。

丁寧に洗われて、しっとりと紅《あか》い京人参を祈る気持ちで手に取る。おろし金で皮のついたまましゃりしゃりとすりおろすその音が、窓際のソファでこちらに背を向けて眠ってる人の邪魔にならへんかと、時々、手を止めてうかごうてみるけど、その背中はピクリとも動かへん。そろりそろりと気を遣いながらすった五本の京人参がようやく瑞《みず》々《みず》しい紅色の小山になった。

人参の香りに鼻をピクピクさせながらビリが椅子から下りてくる。にゃあにゃあとまた、おしゃべりが始まりそうなんに、大丈夫、ビリの分もちゃんと作ったげるからって言うたら安心したようにまた椅子の上に戻っていったけど、首をのばして、あたしの手の動きをくりくりとした目でじっと追いかけてる。人参が好きやなんてほんま珍しい猫って、おかしうなる。

フライパンを温《あった》めてインドのバターオイル、ギーを入れ、とろりと溶け出したところに人参を加える。人参の青い匂いがギーの濃密な香ばしさに包まれてく。焦がさへんようにと弱火でじっくりと人参を炒《いた》め始める。シンプルやけど時間と根気がいる作業。

コツは食べる人の笑顔を思い浮かべて作ること、そうしたら人参がもっとずっと甘くなる——この人参で作るスイーツ、ガジャルハルワを初めて作ってくれたとき、マドそう言うてニッコリした。そのマドの優しい目にあたしの胸には食べる前から甘さが広がった。こうしてガジャルハルワを作る度《たんび》、あの時のことを思い出す。

これを食べたら笑うてくれるやろか。ソファで眠ってる人の背中にまた目をやる。初めて顔を合わせてからもう五日になるけど、まだその笑顔があたしに向けられたことはない。かくんと気持ちが落ちかけた自分に、いらんこと考えたらアカン、手元がお留守になってしまうと言い聞かせながら、またフライパンに気持ちを戻す。

じっくりと炒められてツヤツヤとした光を纏《まと》い始めた人参から甘い香りが漂いだし

た。そこへ、そろそろとミルクを注ぐ。大きくかき回しながらちょっと火を強める。ミルクが沸いてくるまでは、ゆっくりゆったりと手を動かす。

マドは六人兄弟の末っ子やった。しかも他の兄姉からはだいぶ歳が離れてて、お父さんとお母さんだけじゃなくて、兄さん姉さん達もマドを自分達のベビーみたいに扱うんだ──と、口をとんがらせながらも、その目は笑うてて、相手の懐に自然に入っていけて、つい甘やかしたくなるようなマドの愛嬌《あいきょう》のある無邪気さはそんな風に家族みんなの愛を受けて育ってきたからなんやなって思うた。

そんなマドが得意の日本語とＩＴの技術を活かして日本で働いてみたいと言い出したとき、家族みんながそれはそれは猛反対して、マドのお母さんはショックで寝込んでしもうたぐらいやったって。それでも日本で暮らしてみたい、日本で働いてみたいというマドの強い思いは変わらへんで、一年以上かけて家族を説き伏せて日本にやって来た。そしてあたしと出会うた。

「インドの人との恋は難儀やし」

あの日、マドと付き合い出したことを報告したときにキリコに言われて不安になった気持ちは心の隅にちぃちゃいシミみたいにポツリと残った。それからマドのことを好きな思いがどんどん大きくなってくのと一緒に、そのシミもじわじわと広がってってた。マドはそれに気いついてたんやと思う。

「家族にリコのこと話したよ。日本で大切に思う恋人ができたって」

そうある日言われたんはまたふたりで鴨川デルタに行った時やった。お互いの思いを伝え合うてから一年が経ってた。

鴨川デルタはあたしとマドにとって大切な思い出の場所でもあり、お気に入りの場所でもあり、もうあれから何べん一緒に来たかわからへん。リコさんが好きですとマドがその上から手を差し伸べてくれた千鳥の飛び石をその日はふたりで川辺から眺めてた。

「マドはリコのこと、ちゃんと好きだから」だからずっと一緒にいたいと思ってるとマドは真っ直ぐな目をあたしに向けた。

嬉しさで胸がつまりそうになった。あたしの中でもやもやしてた不安がその瞬間消しとんだ感じがした。けど、そう、それはほんの一瞬で。

「みんな何て言うてはった?」とあたしのおそるおそるの問いかけには、うんと返事にならない返事をしてマドの目はついと川へと向けられた。何でも真っ直ぐに口にするマドやのにその横顔には惑う気持ちが浮かんでて、一瞬消えたと思うたあたしの中のもやもやがまた頭をもたげた。

その帰り道やった。ビリを拾うたんは。

川辺の桜の木の下に置かれたちいちゃなケーキ箱からピーピーという鳴き声がしてた。覗き込んだら、開《あ》いたばっかりなんやろうまだ青い目をした真っ黒の子猫がいた。よろよろとする足を必死でふんばってあたしらを見上げてピーピーと声をあげるその姿にあたしとマドは素通りできへんかった。思わずマドが抱き上げたら、ジタバタと手足を動かしたのは一瞬で、マドの腕の中で安心したみたいにすぐ目を細めて身体を丸くした。

「かわいい」

マドとあたしの声がハモる。

「あたし猫大好きでずっと飼いたくて。けどお父さんが猫アレルギーやから飼われへんくて」

「マドが飼う」

マドもずっと猫が飼いたかったと、目を優しく細めたマドが、子猫のおでこを人差し指でそおっと撫でてやってる。

「え？　ほんまに？」

「うん、ほんまに。リコも飼いたいんでしょ？」

「うん、飼いたいけど」

「じゃあ、一緒に住もう」

——一緒に住む？

いきなりのことにあたしは声が出えへん。

「マドと猫と一緒に住もう」

迷いのない声でそう言うマドの肩越しに千鳥の飛び石が見えた。千の荒波を乗り越えてく鳥。

——またもう一つ飛び石を渡ってみよう。

自分の中のもやもやを振り切るような気持ちで、あたしはうんと頷いた。マドがくしゃりと笑うた。その腕の中で子猫はくーくーと幸せそうな寝息をいつの間にか立て始めてた。

フライパンの中でふつりふつりと泡が立ち始めた。少し火を弱めてかき混ぜながらさらにコトコトと煮る。混ぜても混ぜてもふつふつと沸いてくる泡。マドのお母さんの心の中はこんな感じなんかな——思いながら、ソファに横たわるその姿をうかがう。

日本どころか、インドからどこへも出たこともないというマドのお母さんが、一緒の将来を考えてる日本人の恋人ができたという末息子の爆弾発言に、他の家族が止めるのも聞かんとひとりで飛んできた。

空港で出迎えたとき、硬い表情で到着ゲートから出てきたお母さんは、マドを見るやいなや抱きついてわんわんと泣きだした。

どんな風にご挨拶したらと考えあぐねて、ちょっと離れたところでとりあえず様子をうかごうてたあたしは、その愛情と熱量の思うてた以上の強さを目《ま》の当たりにして途方に暮れた。どんな風にも声のかけようがないように思えて身の置き所がない気分で立ち尽くすあたしをマドが振り返って指さした。マドのお母さんもこちらを見る。あっと思うた。マドとそっくりの大きな黒目がちの瞳。けど、そっくりのその目から送られてくるんはビリビリと火花が散りそうな視線で。マドのお母さんの名前はヒンディー語で雷っていう意味があるんだよと話してたことが頭に浮かぶ。その時は勇ましい名前やなぁなんて呑気《のんき》に感心してたけど、自分にピタリと当てられたその強い視線にいたたまれへんでペコリと下げた頭を、あたしはしばらくよう上げへんかった。

フライパンの中身はずいぶん水分がとんで、混ぜる手にもったりとした感触が伝わってくる。カルダモンはすりたてが好きだというお母さんのために、マドが見つけてきたカルダモンの鞘《さや》からその種をそっと取り出してすりばちでする。すうっと鼻にぬけるような涼やかな香りが立ったそれをフライパンに入れる。スパイスの女王とも呼ばれるその匂いが眠っているマドのお母さんの意識の戸口をノックしたんやろか、ううんとちいちゃな唸《うな》り声と一緒にお母さんがゆっくりと身を起こした。どこかわからへんといった感じで辺りをぼんやりと見回してた目があたしを捉えた途端、その表情がきゅっと引き締まる。

マドのお母さんは五日もの間、ほとんど何にも食べてへんかった。日本料理は全く、ここなら本場の味に近いよと、あたしらがいつも行くインド料理屋さんでも出てきた料理をほんの少し口にしただけで。笑顔を見せたんも空港に着いたときだけで、お母さんをどうにかして喜ばせようとマドもあたしもだいぶがんばってみたけど、その表情は和らぐことなく、ずっと怒ったような泣きだしそうな悲しい顔をしてた。

そして昨日の晩、とうとう倒れてしもうた。日本に来てからずっと、ほとんど食事をとってへんこともあったけど、業《ごう》を煮やしたマドが言うてしもうたから。もうすぐ孫ができるんだから元気でいてもらわないと困る——って。

ソファの上に半分身を起こして、探るようにあたしをじっと見るマドのお母さんに、ガジャルハルワを作っていますと英語で言うてできるだけの笑顔を作ってみる。やっぱり表情は動かへん。フライパンからじゅうっと音がした。あ、焦げてしまうと、慌てまた気持ちをフライパンに戻す。

煮詰まってもうほとんど水分は無くなってるところへ黒蜂蜜をとろりと加える。うちの家では砂糖でなくて黒蜂蜜なんだとこれもマドから教わった。このちいちゃな瓶詰めの黒蜂蜜はマドのお母さんが日本に旅立つマドに持たせてくれた。その黒蜂蜜がくるくると深い琥珀《こはく》色の輪を描きながら混ざってくにつれ、人参がもっちりとしてくる。黒蜂蜜が混ざりきったところで火を止めて、レーズンを入れてさっくり混ぜて、できた――、嬉しくて思わずちいちゃくつぶやく。あたしの声にビリが椅子の上からとんでくる。ちょっと待っててねと声をかけて、ドキドキしながら味見してみる。口の中にじんわりと広がる優しい甘さ。気持ちがほっとして思わず微笑《ほほえ》んでしまうこの味。けど……と思う。うまくできたかなと思うけど、マドが作ってくれたガジャルハルワの味とはちょっとちゃう。

ガジャルハルワはお母さんの愛の味なんだってマドは言うてた。人参嫌いやったマドがお母さんが作るガジャルハルワだけは大好きで、毎日のようにおやつにねだってたって。おやつにだけやなくて病気になったときにも台所から聞こえるコトコトとガジャルハルワを作る音とその匂いに、どんなときも気持ちがいっぺんに安らいだって。

ちょっとでもマドのお母さん、気持ちが和らいでくれたら――思いながら小鉢にほかほかのガジャルハルワをよそい、仕上げにスライスアーモンドを散らしてたところへ、マドが帰ってくる気配がした。今日はどうしても仕事を抜けられなかったマドが冷えた外の空気と一緒にせわしなく部屋に入ってくる。

「お母さん、具合はどう?」

ただいまより前にお母さんの元に駆け寄って手を握りながら顔を覗き込んだマドに、お母さんの表情がちょっと緩んだかと思うたら、そのマドそっくりの大きな目からはらはらと涙がこぼれだした。そんなお母さんをマドが抱き寄せたら、お母さんのお腹《なか》が漫画みたいにグゥとなった。

ビリがキッチンで自分用のガジャルハルワ——というても黒蜂蜜も何も入ってないコトコト煮ただけの人参を嬉しそうに食べてる。食べながら、美味しいとでも言うようにニャガニャガと変な声を出すのがおかしくてかわいい。

「ほら、お母さんも食べてみて」

テーブルの上のガジャルハルワをしばらくただじっと見てただけのマドのお母さんが、マドにそう促されて、ノロノロと気乗りのしない様子でようやくスプンを手に取った。おそるおそるのようにガジャルハルワをほんのちょっとだけすくって口に運ぶ。その目の表情が少し和んだのにあたしの中で期待が膨らんだけど、

「うちの味じゃない」ひと言そう言うてお母さんはカチャリとスプンを置いた。

やっぱり——、しぼんだあたしの隣りでマドが座りなおした。

「お母さん。これからはこれがうちの、僕とリコの家の味になっていくんだ」

凛としたマドの声。その真剣な響きにお母さんがはっとした顔をマドに向ける。

「お母さんのガジャルハルワにはお母さんの愛がいっぱい入ってて、それはいつも僕を幸せにしてくれた。今度は僕が僕達の子供にそれを受け継がせたい。お母さんがくれた愛を僕らの子供に。家族はそうしてずっと愛で繋がってくって、そう僕に教えてくれたのはお母さんでしょう?」

マドのその言葉にお母さんの目からはまたはらはらと涙がこぼれだし、今度はすぐには止まらへんかった。テーブルの上のガジャルハルワからは、まだほかほかと湯気が立ってた。


「おやつできたよー」

あたしの声に息子のクリがとんできた。ビリはもうちょっと前から自分のガジャルハルワをテーブルの下でニャガニャガ言いながら食べてる。

あれからもう何べん作ったかわからへんガジャルハルワ。もうすっかりこれがあたしの味と言えるもんが作れるようになって、マドのお母さんにも褒めてもらえるようにさえなった。

ママのガジャルハルワ大好き、きっと僕の妹も好きだよねと、あたしのもうかなり膨らんできたお腹にクリが耳をあてる。

「どうやろ、好きになってくれたら嬉しいけど」

好きになるに決まってるよ、ママのガジャルハルワはこんなに美味しいんだもん、そう言うたクリの言葉に相槌を打つみたいにビリがにゃあと鳴いた。ほら、ビリもそう言ってるよと、マドとマドのお母さんそっくりの大きな瞳をキラキラさせるクリにあたしは目を細める。こうして繋がってる愛があまりにも嬉しくてまぶしくて。

〔第二章〕スミレのポルボロン

——スペインのスイーツ

ふわりとアーモンドの香りがする。差し出されたお皿の上にのってる焼きたてのお菓子は一見、コロンとしたちょっと分厚めの何の変哲もないクッキーみたいに見える。真っ白な粉砂糖がふられた丸い形が素朴で愛らしい。

「食べてごらん」

皺《しわ》だらけの顔の中の目は優しい。見守るように私を見てるけど、食べたら幸せになれるというそのお菓子ポルボロンを、私はまだ手に取ることさえも、できひん。

ふと空を仰いで強い日差しにくらりとした。慌てて手をかざしたけど、目の前も頭の中も一瞬真っ白になった。人がようやっとすれ違えるほどの狭い通りの両側に、ひしめき合うようにして立ってる家に遮られて、その光は地面まで届いてへんかった。うす青い日陰の中を歩き廻るうちに、空がそんなに眩《まぶ》しい光で溢れてることを忘れてたような気がする。悲しみの中にずっといたら、幸せというもんがあることを忘れてしまうように。

光でくらんだ目のせいで、自分を包んでいる日陰が急にその暗さを深めた。もういっぺん、今いるところに自分を馴染ませようと、立ち止まって目を瞬《またた》かせる。

「スミレ」

大丈夫？と、ちょっと前を歩いてたアマリアが立ち止まって振り返る。うん、大丈夫と、気を取り直して歩き出す。

初めて知り合うたんは京都で、彫りの深い顔立ちで見るからに外国の人やけど、あまりに堪能な日本語を話すアマリアがどこの国の人か、すぐにはわからへんかった。けど、スペインにルーツがあるというのを訊いて、あぁと深く頷けた。ツヤツヤとした黒い髪も、ちょっと切れ長のアーモンドのような形の少し緑がかった茶色い瞳も、言われてみれば確かにスペインの女の人のそれに繋がって、今、アンダルシアの街を歩いてる姿も、ずっとここに住んでるかのように周りにしっくりと溶け込んでる。

シエスタがそろそろ終わる。お昼ごろにアンダルシアに着いた私たちに、シエスタの間はどこも閉まってるよと、ホテルの人が教えてくれたけど、私もアマリアも何だかじっとしてられなくて街に歩きに出てた。

お店の扉がぽつりぽつりと開き出した。どのお店の人たちも、まだ午睡から覚めきってないようなゆったりとした手つきで支度を始めてる。通りに漂う穏やかなけだるさ。それでも通りかかるアマリアと私を見ると、Hola! とみんな人懐こい笑顔になる。それに陽気に Hola! と応えるアマリアが、店先に並び始めたカラフルな陶器の水差しを指さして、かわいいと、笑顔になる。

白い壁とターコイズブルーやエメラルドグリーンの海を思わせる色の扉。窓辺からこぼれ出さんばかりに飾られた色鮮やかな花たち、周りの景色はまるで絵葉書を見て幼いまま逝ってしまってから、それはずっと私を包んでる。そこにいてるのにそこにいてへん、自分と自分の周りの世界との間の隔たり。

京都でのそれは辛かった。慣れ親しんだはずの街やのに、通り過ぎる人達も、巡りゆく季節も、ガラス一枚隔ててただ眺めてるような、自分とは別の世界のことのように私の目には映った。心を閉ざしたのも、隔たりを作ったのも自分やった。けど、生まれ育って愛してた街が、見知らぬ別の世界みたいに見えるんは、やっぱり淋《さび》しくて、それが私の悲しみをまた深めてた。

ここアンダルシアでは、目にするもん何もかもが自分のいた日常とはあまりにもかけ離れてて、自分と自分の周りの世界との隔たりは、自然なもんのように感じられた。スペインがずっと好きやった。それもとても。行ったことない国なんて山ほどあったのに、惹かれるのはスペインやった。

テレビや映画で目にするスペインは、大らかで陽気な空気、人や街から立ち昇るむせかえるような熱気、目が覚めるようにあざやかな色彩、そんな何もかもが力強いもんで溢れてるように見えた。情熱の国と呼ばれることがようある、エネルギーに満ちたところにも惹かれたんはもちろん、その明るさの合間にふと感じる切なさにも強く惹きつけられた。強い日差しが生み出す目もくらむほどの光と、淡さのかけらもない濃い影。光が明るければ明るいほど、強ければ強いほど、深く濃くなる影が、明るさの後ろに深い悲しみに包まれたように佇んでて、底抜けのように見える明るさが私の目にはかえって切なく映った。

大学ではかなり真面目にスペイン語を勉強して、スペイン語を活かせる仕事に就けたら――なんていう思いは叶《かな》わへんで、スペインやスペイン語とはちっとも関わりのない仕事に就いた。行き場に困った私のスペインへの思いは、スペイン語を習い続けるというだけでは物足りひんで、フラメンコを習うという新しい扉を私に開けさせた。

何でなんやろうと思うた。何でこんなにと思いながらも、私はフラメンコにぐいぐいと惹きつけられて、もともと好きやったスペインの、それもフラメンコが生まれたというアンダルシアにいつかきっと行くという思いを募らせた。

そんな風にずっと恋焦がれてたアンダルシアに今いてる。ここにいる自分も、ここに来る気になった自分もまだほんとうのことのように思われへんけど。

「スミレ？」

アマリアの声で我に返る。またぼんやりと立ち止まってた。こんな風についつい心がどこかへ行ってしまう私をアマリアは穏やかな声で引き戻してくれる。何度繰り返そうと嫌な顔もせず。

アマリアがアンダルシアに行こうと私の手を引いてくれた。それに応じて一緒に来ることにしたはずやのに、私はまだこんなにグズグズとしてる。

「ちょっと、お腹空《す》いたかも」

気持ちを取り繕うように、思わずそう言うて、しまったと思う。

「ほんま？　ちょっと早いけど晩御飯にスル？」

食の進まへん私のことをずっと心配してくれてたアマリアが嬉しそうな顔になる。

「いや、晩御飯はまだ。空いたって言うても、ちょっとだけやし」

もごもごと口ごもる私に、じゃぁ、チュロスでも食べる？とアマリアが、通りの先のカフェを指さす。

「ほら、もうここまでええ匂いしてきてるヨ」

ときどき京都弁がまじる流暢な日本語でそう言うたアマリアが、スキップするような足取りでカフェへと向かう。お腹が空いたと言ってしまった手前、後に引かれへん私もアマリアの後ろに続く。

スペインのチュロスに甘さはない。甘いどころかちょっと塩気があって、その重たそうな見た目とは違うて、食感はサクサクとして軽い。その揚げたてをここスペインではホットチョコレートにひたしながら食べる。

カフェの中にはチョコレートの甘い香りが漂うてて、もう、この匂いだけでも幸せと、アマリアが目を細める。カウンターの向こうでは、顎まわりに黒々とした髭《ひげ》を盛大に生やしてる熊みたいな風貌の店員さんが、不思議に似合うてる赤いチェックのエプロン姿でチュロスを揚げてる。

五分も待たんと、揚げたての熱々のチュロスと、ぽってりとした大ぶりのコーヒーカップにたっぷりと入れられたホットチョコレートが運ばれてきた。飲み物というより、チョコレートをただ溶かしただけといった感じのこっくりと濃い色のホットチョコレートからはほかほかと湯気が立ってる。

わぁと歓声をあげたアマリアが手にするチュロスには粉砂糖がまぶされてる。ただでさえチョコレートにひたすのに、砂糖そんなにたっぷりで甘すぎひんのやろかと、アマリアのチュロスを横目で見ながら自分の粉砂糖なしのチュロスをホットチョコレートにそっとひたしてみる。見た目そのままの濃厚でトロリとした感触。雫《しずく》になってポトリと落ちそうなチョコレートを纏うたチュロスを口に入れてみる。さくっとした歯触りのあと、内側のふんわりやわらかい食感が口の中に広がる。そのチュロスにトロリと絡むチョコレートは濃厚やけど思いのほか甘さが控えめで、そのほろ苦さのある甘みと、チュロスのほんのりとした塩気が溶け合う。

「あーー、幸せ」

チュロスをほおばりながら、アマリアが吐息まじりに言う。アマリアは幸せという言葉をよう口にする。他の人ならちょっと嘘くさくなってしまうかもしれないくらいしょっちゅうに。けど、アマリアの『幸せ』にはいつも温《あった》かくて心がこもってて幸せの響きがちゃんとする。

私もそうやったと思う。息子の岳と一緒に過ごした三年。生まれて初めてできた自分よりも大切だと思う存在。そのちいちゃすぎる身体を腕の中に抱いた日から、笑った日はもちろん、泣いた日、怒った日、眠れへんかった日さえも、私の心の中の幸せはいつも途絶えることがなかった。岳を亡くした日に、ほんのかけらさえ残さんとその幸せが消えてしまうまで。あれから三年過ぎた今も、嘘でさえ幸せと口にすることはなくなった。

「スミレ?」

アマリアの声で我に返る。嬉々《きき》としてチュロスを平らげてくアマリアを、一口食べただけのチュロスを手にぼんやりと眺めてた。

「いや、ほんまに幸せそうな顔して食べてるなって」

「スミレも、もっと食べてみて。幸せになる味ダヨ」

幸せになる——、私が? そうなれるとも思わへんし、そうなりたいとも思わへん。

不意にアマリアの腕がのびてきてギュッとハグされた。

「泣かしてごめんネ」

言われて気いついた。ぽろぽろと涙をこぼしてた。

「でも、無理をせずにいっぱい泣いてネ。飽きるぐらい泣いて、もう笑ってもいいかなって自分で思うぐらいになるまでネ」

覚えのある励ましの言葉に思わず顔をあげた私にアマリアが、ふふっと笑う。

「鶴子《つるこ》ママの代わりに言ってみた」

「ありがと」

短くお礼を言うて身を起こした私にアマリアが顔いっぱいでにっこりする。その笑うとできる目尻の優し気な皺を見ながら思う。岳を亡くしたあと、アマリアにばったり再会した日のことを。あの日アマリアに再会しなければ、こうしてアンダルシアに来ることもなかったって。

「スミレ?」と、あの日、不意に呼ばれた自分の名前は不思議な響きがした。しばらく誰からも名前を呼ばれてなかったせいか、一瞬、自分のこととは思われへんような。けど、その聞き覚えのある人懐っこい声に振り向いたら、アマリアが抱きついてきた。

アマリアにハグされて、いつこぼれ出したんか自分でも気いつけへんうちにぽろぽろ涙をこぼしてた。

岳がいなくなってからは、家にこもりっきりで、外に出かけるんは岳のために飾る白い花を買いに行くときぐらいやった。そんな週に一度ほどのごく短い外出でアマリアとばったり会うたんは、奇跡みたいなもんやったなと思う。その奇跡が、ひきこもってた私を旅に、それも遠いアンダルシアへまででかけさせるという次の奇跡を生んだ。

アマリアとはスパニッシュレストランで知り合うた。

スペイン語で「白い庭」という意味の名前のそのお店には広いパティオがあって、月に二へんほど私はそこでフラメンコを踊ってた。元々は私のフラメンコの先生が踊ってたんを、先生が遠い街へと引っ越してしまうんに、代わりに踊ってみる？って声をかけられた。

フラメンコを習い始めて十年近く、ずっと休まず習い続けてて、発表会では何べんも踊ったことはあったけど、人前でダンサーとして踊れるような気はしいひんかった。けど、スミレなら大丈夫、わたしはスミレのフラメンコが大好きなのよ、スミレのフラメンコは自分が思ってる以上にすごく素敵だから——そんな先生の言葉に背中を押されて、私はその話を受けることにした。

もちろんひどく緊張した。けれどそのヒリヒリとするような緊張感と、踊るうちにどんどんと湧き上がってくる高揚感とが混ざり合ってくその感じ、自分の中で蓋をした箱の中の気持ちが一気に外へと解き放たれるような感覚に、心をすっかり奪われた。

もう十分にスペインのこともフラメンコのことも好きな私やったけど、人前で踊るということでもっとその思いが深まった。

アマリアはそのレストランでの私が踊るフラメンコを、よう見に来てくれてたお客さんやった。車椅子に乗った和服姿の白髪の美しい女《ひと》といつも一緒に。

彫りの深い顔立ちの私と同じくらいの年頃のどこかの外国の人らしい女の人と、年はいっているけれど車椅子の上ですっと背筋が伸びて凛とした佇まいの日本人の女性という、ちょっと風変わりなその組み合わせはそれだけでも目を引いたけど、本格的なショーというほどのもんでもない私のフラメンコが始まると、二人とも食事の手を止めて、私の踊りをじっと真剣に見てくれる様子が心に残った。

何べん目かのショーの後、二人のテーブルに呼ばれた。お化粧を落としてドレスも脱いで、すっかり普段の私に戻った姿で緊張しながらご挨拶に行ったら、二人とも一瞬目を丸くして顔を見合わせた。

「踊ってるときと別の人みたいネ」

流暢な日本語で感心した口調で言うたアマリアに、

「こんなかいらしいお嬢さんやったんやね」

と、年のいった女の人も感心した声を出す。

そんな二人のやり取りを、ちょっとばつが悪い思いで聞いてた私にアマリアがにっこりとした。

「ワタシたちはあなたのフラメンコが大好きヨ」

その言葉に白髪の女《ひと》——鶴子さんも花がほころぶように微笑んだ。

それから、鶴子さんとアマリアが来る度《たんび》にフラメンコの後は自然に一緒にテーブルを囲むようになるまでそんなに時間はかからへんかった。

二人は元々、香港《ホンコン》に住んでたこと、アマリアはスペイン系のフィリピン人で、香港では鶴子さんのメイドさんをしてたこと、鶴子さんの亡くなった旦那さんはスペイン人だったこと、鶴子さんとアマリアは一緒に香港を離れて、今は京都で一緒に住んでること——そんなことを知っていった。

歳を訊けば私とひとつしか変わらないアマリアはいつも明るくて、それでいてぶれない芯の強さがあって、ずっと年の離れたお姉さんのような包容力を感じる女《ひと》やった。その私のアマリアへの印象を話したら、そら、わたしが見込んだ娘《こ》やからと、鶴子さんはふふんと笑うた。そう言う鶴子さんは、いつも背筋が伸びて、キリッとしてて、厳しいようで愛情深くて、そうではないのに、何かのお師匠さんですか?とよう訊かれるような女《ひと》で。

大好きなスペインと深い繋がりのあるこの魅力的な二人と出会えて、まだ私の知らへんスペインのあれこれを二人の口から聞けるそのひと時は楽しすぎて待ち遠しいほどの時間になった。

その時の私はスペイン好きが高じて習ったフラメンコをレストランで踊るようになった――それぐらいのことしか話すことはなかったけど、その後、レストランで会うだけやなくて、鶴子さんのお家にもお邪魔するようになって、仕事や家庭の悩みを聞いてもうたり――因みにそれにはいつも鶴子さんがスパッと小気味のええ的確なアドバイスをくれた――岳が生まれてすぐに夫と別れることになったときにもわたしたちがいるから大丈夫と励ましてくれた。夫との結婚を猛反対して私を遠ざけた父母《ちちはは》には頼るまいと、意地を張ってた私は心細さを両手でぎゅっと抱きしめてもうたような気がした。

岳も、アマリアのことをあーたん、鶴子さんのことをルーばあばと呼んでよう懐いた。家に入りびたる私たちに鶴子さんは、もう一緒に住んでしもうたらええのにと、しばしばそんなことを口にしたりした。

ほんまにそうすればよかったのにって身がちぎれるほどに思うた。岳を亡くしたときに。

岳は私の目の前で亡くなった。ちょっと近くのコンビニに行く間やからとお留守番させてた。そんなことをするのは初めてやった。すぐ帰ってくるからええ子で待っててねと繰り返して、玄関の鍵はしつこいほどに確かめたけど、ベランダへの扉の鍵を自分で開けられるなんて思ってもみいひんかった。マンションの外に出て、ママーと呼ぶ岳の声に驚いて振り返ったら、ベランダから身を乗り出すようにして、ちいちゃい手を私に必死にふる岳がいた。なんでそこに——、いるはずがないベランダに、しかも何を足場にしてんのか柵から大きく身を乗り出してる岳の姿に私の頭が真っ白になって、心も身体も一瞬凍りついた。その一瞬が永遠に悔やんでも悔やみきれない一瞬になった。次の瞬間、身を乗り出しすぎた岳がぐらりとバランスを崩した。

「がっくんっ」

自分でさえ聞いたことのないような声で岳を呼びながら、私は突き飛ばされたように走りだした。必死で手を上に差し伸べながら。その手の届かぬほんの少し先へ岳が落ちた。ドンッと雷が落ちたような大きな音。私はやっと届いた両手で岳をかき抱《いだ》きながら岳のことを狂ったように繰り返し呼んだ。

私を囲む世界からすべての色が消えた。食べられず話せず眠れず、涙だけがいつまででも、ダラダラと流れ出た。本当の声なんか、心の中の声なんかもわからへんかったけど、繰り返し、がっくん、がっくんと、ただずっと岳を呼び続けた。

たまさかに眠りに落ちてしまったときには何べんも何べんも同じ夢を見た。ストップモーションのようにゆうっくりと落ちてくる岳と、それに駆け寄ろうとする私。これなら間に合う、岳の身体を受け止められると思うのに、私の身体はまるで水の中に閉じ込められたみたいに重くて、手も足もちっとも思うように動かされへん。そして岳が落ちきってしまう前に、自分の叫ぶような声でいつも目が覚めた。そんな辛い夢でもまだ夢のほうがましやった。間に合うかもしれないと思っていられる夢の中のほうが。もう間に合うことなんて永遠にないってこと、岳がもういてへんっていうこと――辛すぎる現実に目が覚めるたびに打ちのめされた。

何にも手につかず何にも考えられへんかった。できるんは自分をずっと責めることだけやった。なんであの時、なんでお留守番なんかさせて、なんでコンビニなんかへ、なんでベランダに出るかもって思わへんかった、なんで一瞬立ちすくんだ、なんで、なんで、なんで――。

アマリアも鶴子さんも心配して電話くれたり、何べんも会いに来てくれたりした。けど、二人に会うのも辛かった。岳と私と鶴子さんとアマリア、幸せすぎる時間を一緒に過ごしてきた二人と顔を合わせると、悲しみは癒やされるどころか、もっと辛い痛みになった。

もう会いにも来ないで、連絡もしないでほしいと、そんなひどい言葉を私が口にしたときも、アマリアは、いつでも会いに来てネ、いつでも待ってるからネ――、そう言ってギュッとハグしてくれた。岳がいなくなるまでは何べんとなく私を温《あった》めてくれたそのハグにも、その時の私の心はしんと冷えたままやった。

それから三年近く経ってた。時間がずっと止まったままの私には短かったのか長かったのかわからへん。ばったりと再会したアマリアは、ほんまに久しぶりだからと、もう家に帰るという私の手を強引に引っ張ってカフェに連れてきた。

「よかった、スミレ、元気そうネ」

励まそうとしてくれてるんやろう、伸び放題のぼさぼさの髪をして痩せてどんよりとした目つきの、どう見ても元気ではなさそうな私を見てアマリアはニッコリと笑うた。その笑顔は前と変わらず温《あった》かい。けど、こうして改めて座って向き合うてみるとアマリアも前に比べるとずいぶん痩せて見えるのにはっとする。

「――、アマリア、えらい痩せた」

躊躇《ためら》いがちに私がそう言うたんに、

「ほんま？　痩せた？　嬉しいヨ」

と、答えるその声は空元気を出してるだけのように聞こえて。

「白いお花。――岳くんに？」

テーブルの上のブーケを見て、アマリアが目をしばたたかせたのに、そうと私はちいちゃく頷く。

岳のために買うてきた、岳が好きやった白い花だけのブーケ。

私がフラメンコを踊ってたスペイン語で白い庭という名前のレストランは、その名のとおり、パティオには沢山の白い花が咲いていた。アマリアや鶴子さんに連れられて私のフラメンコを初めて見に来た岳は、こんなにいっぱいの白いお花、見たことがないと目を丸くした。その日から、岳の好きな花は白い花になったようで、けど花の名前は中々覚えられへんようで、白い花は何でもハッピーのお花と呼んだりしてた。街を二人で歩いてて、白い花を見つけると、ママ、ハッピーのお花と、嬉しそうに指さした。私としては正直なとこ、自分のフラメンコよりも白い花のほうにいたく心惹かれた様子の岳にちょっと淋しかったりもしたけれど、白い花を見つけてニコニコしてる岳を見たら、まぁ、えっかと思うた。アマリアと鶴子さんも岳が喜ぶからと、自宅の庭先の花壇に白い花の寄せ植えをしてくれたりした。

「スミレ、一緒にアンダルシアに行かない？」

白い花のブーケに目をやってぼんやりとしてた私をアメリアの突然すぎる言葉が引き戻した。

「アンダルシア？」

そう、アンダルシアと、アマリアが頷いた。

「アンダルシアに一緒に来てほしい。鶴子ママのおつかいしに」

あまりに唐突で訳のわからへんその言葉に何の返事もできへん私に、お願いと、アマリアがその痩せた手を合わせた。

今思い出しても唐突やったアマリアからのお願いで、こうしてアンダルシアにいてる。

自分が家を出られるとも、まして旅に出られるなんて思いもしいひんかった。岳がこの世からいなくなっても、周りの世界は何の変わりもなく時を刻んでってんのを目にするんのが辛くて外に出られへんかった。そやからと言うて、家の中で辛さがましになるわけでもなかった。岳が使《つこ》うてたもん、岳が好きやったもん、家の中は岳がいてたときのそのままやのに、岳だけがいてへん、何を見ても岳がもういてへんことを繰り返し繰り返し思い知らされるんに、私は耐えきれへんようになり始めてた。岳を思い出させるもんが何にもないところ、岳がいるはずのないところへ逃げ出したかった。けどそれは、岳も、岳と一緒にいた時間も捨ててしまおうとしてるみたいで、そんな風に思う自分をまた責めて、ただじっと蹲《うずくま》るようにして時間を過ごしてた。その頑《かたく》なに閉じてた私の心を、アンダルシアに一緒に来てほしいと、アマリアが思いもかけへん言葉でノックしてくれた。

「早く食べないとホットチョコレート冷めちゃうヨ」

アマリアの声で私はまたぼんやりとしてしまってた自分に気いついた。

「ワタシはもう食べちゃったヨ、ほら」

と、アマリアがすっかり空になった自分のコーヒーカップを見せる。私の手元のコーヒーカップにはまだたっぷりとチョコレートが残ってる。

「私の分も食べる？」

「ダメヨ。これ以上太ったら二の腕が太ももみたいになっちゃうヨ」

ほら、これ見てと、ちっとも太くもない自分の二の腕をつまむ。

「でも、後でバルでも美味しいもの食べちゃうけどネ」

アハハと、アマリアが笑う。それに合わせて私も笑うてみたけど、自分が笑うてるという実感がない。笑うてる自分をどこか遠いところから見てるような感じがする。手元のホットチョコレートにチュロスをひたして口に運ぶ。ずいぶん冷めてしまったとは思うけど、美味しいとか美味しくないとかいう気持ちは浮かんで来いひん。どこかへ行ってしもうた私の心。

チュロスもホットチョコレートも半分以上残してしまったことを店員さんに詫《わ》びてカフェを出たときには、外はまだ変わらず明るかった。七時なんて嘘みたいネと腕時計で時間を確かめたアマリアが目を丸くする。アンダルシアの日差しは強くて長すぎる。

「一度ホテルに戻る?」

アマリアの言葉に頷いて歩き出す。午後七時、アンダルシアの路地にはまだ夜の気配すらなかった。

雨の音がする――、うつらうつらしながらそう思うたんは微《かす》かに聞こえてくるアマリアが浴びるシャワーの音やった。

いつの間に眠ってたんやろう。身体を起こして暗い部屋をぼんやりと見回す。時間の感覚をどっかに置き忘れてきたみたいに何時かの見当がつかへん。まだアンダルシアに着いたばっかりで時差ボケもあるんやろうけど。さっき外からホテルに戻ってきたとき、窓の分厚い木の鎧戸《よろいど》が閉じられたままのホテルの部屋は、そこだけすっかり夜になったみたいに暗かった。その時よりも暗さが増したようにも見えれば、同じようにも見える。もぞもぞとたぐり寄せた時計を覗き込んだら、宿に戻ってまだ一時間ほどしか経ってへんかった。

「おはよ」

アマリアがバスルームから出てきた。

「おはよ、スミレ、よく眠ってたネ。明日はシエスタしよう」

バスルームから出てきたアマリアが濡《ぬ》れた髪をタオルで拭いながら悪戯っぽく笑う。バスタオルを身体に巻いたままの姿のアマリアを見て、やっぱりずいぶん痩せたなと思う。色んなもんを失《な》くしたんは私だけやない。

「あ、もうすぐ夕焼け」

窓の鎧戸を開けたアマリアが声をはずませた。

ちょっと開いた鎧戸の隙間から見える空の色がようやく変わり始めてた。

「夕焼けはもっとゆっくりでもええのにネ」

アマリアが悔しそうな声を出す。

ホテルを慌てて出て、この街で一番綺麗に夕陽《ゆうひ》が見られると教えられた広場へと急いだけど、一日中あんなに空の上でさんさんと街を照らしつけてた太陽は今は私らを待たんと、金色に街を染めながら山の向こうに見る見るうちに沈んでく。長かった昼間を思うとあっと言う間の速さで。それを追いかけるように歩きながら、金色から茜《あかね》色へと色を変えてく空を見上げるアマリアの横顔も夕陽の光で縁どられてる。

路地の影も見る間にちがう色になってく。昼間の薄青さのある影を、光を失《うしの》うた夜の闇が深い藍色に包み込んでく。さっきまで見えてた石畳のおうとつも、その陰影はどんどん黒く塗りつぶされて、踏んだ足のつま先から濃い闇の中に吸いこまれてしまいそうに見える。

「スミレ、手をつないでもいい？」

急にすごく暗くなってちょっと怖いヨと、アマリアが珍しく心細そうな声を出して私の手を取った。

スペイン語で働きもんという意味がある名前をしてるだけあって働きもんのええ手をしてるって鶴子さんが言うたことのあるアマリアの手もすっかり痩せて、そしてひんやりしてる。

「スミレの手、あったかいネ」

ほっとしたように言うアマリアに胸が痛くなる。

ママの手、あったかいと目を細めてた岳。怖いことがあると私にしがみついてきた岳のちいちゃな手もそんな時にはいつもひんやりしてた。大丈夫、大丈夫と抱きしめるうちに、段々とあったまってった岳の手。もう二度と温《あった》めてやれない手。

そしてまた泣いてしまう。止めようもなく。それにきっと気いついたアマリアが繋いだ手にキュッと力を入れた。けど何も言わへん。私も何も言わず、しばらく歩いたあと、ふと立ち止まってみる。まだ周りの暗さに慣れきってない私の目に青く映るアマリアの顔、その頬が光ってる。アマリアも泣いてた。

「鶴子さんに、いつまでも泣きなさんなって怒られちゃうヨ」

「そんなこと――。飽きるまで泣いたらええって、アマリアにもきっと言うてくれはるよ」

「そうならええケド。鶴子ママ、ワタシには厳しいんダヨ」

涙を指でぬぐいながらアマリアがくしゃりと泣き笑いの顔になる。

飽きるまで泣いて――そんな言葉で私を励ましてくれたんは鶴子さんやった。

岳が亡くなったすぐあと、もう会いたくない、連絡もせんといてほしいって、私の頑なで身勝手な言葉をアマリアから伝え聞いた鶴子さんから、しばらくして手紙が届いた。

無理はせず、飽きるぐらいお泣きなさい。もういい加減笑ってみようかと自分で思うまで。私はいつでも待ってます。それは、貴女《あなた》が泣き止むまでということではありません。誰かのそばで泣きたくなったらいつでもお出《い》でなさい。貴女が泣いてても笑ってても、私は変わらず貴女を待ってます――、鶴子さんらしい力強い字でそう書かれてた。それでもどうしても鶴子さんに会いに行かれへんかった私。それを死ぬほど悔いることになるなんて思いもせんと。

手を繋いだまま立ち止まって、私とアマリアはちょっとの間《ま》泣いた。暗い夜道で迷子になった子供みたいに。心を照らしてた光を失うて途方に暮れてた。私もアマリアも。手と一緒に悲しみが私とアマリアを繋いでる。

しんと果てない闇に囚《とら》われたような気がしてた私の頭の上で、ぽつりと明りが灯《とも》った。路地の街灯が合図しあうみたいに、ひとつ、またひとつと灯ってく。

昼間、溢れるほどの光で真っ白になってた街並みが、今は街灯の柔らかな光で、しっとりとしたセピア色に包まれてる。

やっと始まったアンダルシアの夜。それを待ちわびてた人たちが路地に姿を現し出して、弾んだ声で楽し気に言葉を交わしてる。

辺りに漂いだした陽気な雰囲気に、肩の力がちょっと抜けた。きっと隣りのアマリアも。ぎゅっと繋いでた手の力も抜けて、どちらともなく歩き出した。

迷いながら辿り着いたお目当てのバルには Cerrado ——閉店中の札がかかってた。

「Open になってるのに」

手元のスマホでお店の情報を見返しながらアマリアが肩をすくめる。

「このバルのオーナーは気まぐれなのよ」

閉店の札の前でがっかりした顔の私らに、通りがかりの女の人がそう声をかける。

「大丈夫、心配しないで、あっちのほうにもすごくいいバルがあるから」

明るい声できっぱりと言い切ってから、そこも気まぐれで閉まってるかもしれないけどねと悪戯っぽくウインクしてみせたのに私とアマリアの表情が緩む。

Buena suerte ——（幸運を祈ってるわ）という陽気な声に送られてその女の人が指さしたほうに歩いてく途中でそのタブラオを見つけた。

立ち止まった私にアマリアも立ち止まり、ワォと驚きの声をもらした。街灯の明りに照らされたタイルの看板には El Jardin Blanco と書かれてる。アンダルシアから遠く離れた京都の同じ名前のレストラン、スペイン語で白い庭という意味のそのレストランのパティオで私はフラメンコを踊り、アマリアと鶴子さんと出会うた。

「すごいヨ！　同じ名前のタブラオだヨ！　Buena suerte だヨ！」

アマリアが目をキラキラさせる。

スペイン語で板という意味があるタブラオにちなんで、フラメンコが踊れる板張りのステージがあるバルやレストランのことをタブラオと呼ぶ。

お店の前の立て看板にはフラメンコショーのポスターらしきもんが貼ってあって、二十二時よりという時間が記されてる。

アンダルシアに来るというのはフラメンコを見る機会があるかもしれないとわかってたけど、こんなに唐突だとは思うてなかった。まだ心の準備ができてない気がする。

「入ってみようヨ」

私の返事を待たずにアマリアは Hola! と声をかけながら中に入ってく。それにすぐに続けず、どないしょうかと思いあぐねてたら、中からアマリアがひょこりと顔をのぞかせた。

「カモン、スミレ！　すごく素敵だヨ。テーブルもあるって。ちょうどキャンセルが出たって。やっぱり Buena suerte ネ！」

わくわくと弾んだ声でそう言ったアマリアが、さっき道で会うた女の人のようにウインクしてみせた。

中に入ったら、高い天井まで吹き抜けにされたエントランスは間口の狭さからは思いもしなかった広がりを見せてる。その真ん中、噴水のようにタイルで囲われた中に沢山の白いキャンドルが灯されてた。囲いは星にも花にも見える形をしてて、またたく白い光の花みたいに見える。周りの壁のあちこちにある飾り棚でも無数の白いキャンドルが灯されてる。

アンダルシアの白い庭は灯りの花園やった。

「ほんまにキレイ」

ため息まじりの声のアマリアと一緒にしばらくそこに佇んだあと、ウェイターさんにうながされてやっと奥へと進む。

奥へ奥へと細長いお店の中を通り抜けるうちに不思議な気分になる。狭い間口からは想像もつかへん奥へ奥へと歩くこの感覚は、鶴子さんの古い京都の町家を思い出させた。見た目は全くちゃうのに、白い庭という名前や、奥へ細長く続く造りの建物が起こす不思議なデジャブ。

　ようやくお店の一番奥に辿り着いた。アンダルシアらしい白い洞窟風のダイニングルーム。フラメンコはアンダルシアの洞窟に身を潜めたジプシーから生まれたというルーツにこのお店もちなんでるんやろう。ここでも Buena suerte なのか、私とアマリアが案内されたんは正面のステージにごく近いテーブルやった。

　シェリー酒で乾杯したあと、サルモレホという冷製のトマトスープをおずおずと口に運ぶ。ひんやりトロリとした喉越しと一緒に濃いトマトの味が口の中に広がる。燦々《さんさん》と照る太陽の下、真っ赤に熟したトマトが頭に浮かぶ。トマトにはアンダルシアの強い太陽のパワーがぎっしり詰まってるからエナジーをもらえるよと、このトマトをふんだんに使うたスープをウェイターさんにすすめられた。喉をすぎたサルモレホが朝からほとんど何も食べてへんかった空っぽの胃に染み渡ってく。もう一口とスプンをすすめた自分に驚いた。お腹が空いた、何かを食べたいって感じたのはものすごく久しぶりやった。手を休めんとサルモレホを飲みすすめる私にアメリアは一瞬目をみはった。

「美味しいよネ、このスープ」

　食の進めへん私のことをずっと心配してくれてたアマリアがそう言うて笑み崩れた

んに、私は曖昧に頷いた。美味しいという言葉はまだ口に出来ひんくて。美味しいと思うてはいたんやけど。

私たちがスープを飲み終わるのを待ってたようにテーブルには次々にお皿が運ばれてくる。

生ハムとチーズを薄い豚肉で巻いてカツにしたフラメンキン、お茄子《なす》のフリットに蜂蜜がかけられたハニーフリット、鱈《たら》とオレンジのレモホンというサラダと、アンダルシアならではとウェイターさんからすすめられたお料理でテーブルがいっぱいになった。

わぁ、全部美味しそうネとアマリアがワクワクした様子でお料理を口にしていき、あー、幸せと頬を緩ませる。私もぼちぼちとではあったけど、ひと通り口にして、お腹がいっぱいになってく。これもまた久しぶりの感覚にちょっと戸惑う。

そうこうしてるうちにショーが始まる気配がした。ステージに歌い手さんたち、ギタリストさんたち、そして踊り手さんたちが上がり、ステージ以外の照明が落とされたと思うたら、なんの前置きもなく歌が始まった。空気をふるわせるような張りのある力強い声にさぁっと鳥肌が立つ。客席にまだ残ってた食事を楽しむざわめきがしんと静まる。手拍子とギターの旋律が続く。鼓動がこわいほど速くなる。男性が一人、女性が二人の三人の踊り手さんによるプレセンタシオンとよばれるオープニングのフラメンコが始まった。しなやかな手さばき、目で追えないぐらいに素早く細かく踏まれるステップ、突き刺さるような強い眼差し。のっけからの迸《ほとばし》るようなステージからの熱量に、瞬く間にのみ込まれてく。

ブラセオ、サパテアード、デスプランテ、パセオ――、ずっと置き去りにしてたフラメンコと過ごした時間があっと言う間に戻って来た。

身じろぎもせんと、まばたきすら出来ひん心地で見てたステージはあっと言う間にフィナーレのフィン・デ・フィエスタになった。ショーの最後を盛り上げるのに相応《ふさわ》しい華やかなブレリアのメロディが流れ出す。ステージの上のフラメンコの世界にとっぷりとはまり込んでた私の前に手が差し出された。踊り手さんのうちの一人が私をステージへと誘っていた。他のテーブルからも踊り手さんの誘いにのって、楽しそうにステージに上がって行ってるお客さんがいる。

「このセニョリータは素晴らしい踊り手なのよ」

私を親指で示して言うアマリアの言葉に踊り手さんがワォと驚いてみせて、それなら是非と、私の手を取ろうとしたところで、私はガタンと立ち上がった。スミレッと呼ぶアマリアの声を背中で聞きながらテーブルとテーブルの間をすり抜けて出口に向かう。逃げ出したかったんはステージからやなかった。自分からやった。

フラメンコのショーを見てたひと時、私の頭から岳のことが消えてた。あんなに愛してあんなに忘れられへんかった岳のことを。

エントランスの灯りの白い庭も通り抜けて扉から出ようとしたところで入り口の段差に躓《つまず》いた。石畳で膝を打つ。痛い。冷たい。膝をかかえて蹲る。追いかけてきたアマリアが、

「スミレッ、大丈夫?」と、私の肩にかけた手を振り払う。抑えきれない涙と気持ちが溢れ出す。

ものを食べたいと思うたりしたなかった、美味しいなんて思うたりもしたなかった、フラメンコを夢中で見たりも、また踊りたいと思うたりもしたなかった。ほんのひと時でも岳のことを忘れたなかった。前に進みたくなんてない。岳と一緒にいた時間から遠ざかりたない。過ぎてく時間が憎い。それを戻すことも止めることもできひんのなら、ずっと後ろを振り返り、ずっと悲しんでたい。それが岳と一緒にいることやから。どうかもうこれ以上、私を岳から遠ざけんといて、お願い、もう岳と一緒にいられるのは私の心だけなんやから――。

暗い石畳に手をついて言葉を吐き出す。アマリアが私の両手を取った。振り払おうとしてもギュッと握ったその力は驚くほど強い。

「ワタシもだヨ。ワタシも時間を戻したいヨ。そしたら鶴子ママのこと助けられたかもしれない――」

アマリアも苦しそうに顔を歪《ゆが》める。アマリアの痛みもわかってるつもりやったのに気づけば自分の悲しみだけですぐにいっぱいになる。

「ごめん、アマリア」

いいのよと、アマリアが首を振る。

「時間は戻せないけど、鶴子ママのお願いを叶えてあげられる。スミレが一緒に来てくれたから」

さぁと、もう笑顔になったアマリアに両手を引っ張られて立ち上がった。

ホテルに向かうて歩き出したら、もうかなり夜も更けてきているのに、まだ人通りは絶えてへんのに驚く。通りかかるバルはどこも賑わってて、路地に人の声と陽気な音楽が漏れ出てきてるけど、アマリアも私も寄ろうとは言えへん。今夜はもう帰ろうというのが暗黙のうちに伝わりあってる。

「明日、鶴子さんのおつかい、上手くいくかな」

自分にともアマリアにともなく呟《つぶや》く。

「きっと上手くいくヨ、大丈夫」

と、アマリアも、自分にも言い聞かせてるような口調で答えた。

きっと大丈夫――、帰り道の間、今度は声に出さずに私は何べんも心の中で繰り返してた。

翌朝六時半、ホテルから出た。見上げた空はまだ夜の名残の薄紫色をしてる。

「まだ暗いネ」

「それに涼しい」

まだしんとしてる辺りの空気をはばかって、アマリアと低い声で言葉を交わす。

鶴子さんのおつかいに一緒に来てほしいというアマリアの言葉がきっかけでこうして来たアンダルシア。その鶴子さんのおつかいは今から会いに行く人にある物を渡しに行くことで。

ほんまは昨日、アンダルシアに着いてすぐにとも思うたけど、朝、それもできれば夜明け前に来てほしいと言われた。

ほんまにこんな早くにお邪魔してええんやろか。どんな気持ちで私とアマリアを迎えてくれるんやろう。

色々と思い惑う。

教えられた路地の住所を頼りに、濃いブルーのドアと猫の尻尾の形のドアノッカーが目印のその家はすぐに見つかった。

路地のしんと静まった空気をはばかってアマリアが控えめにドアノッカーを鳴らし

たけど、ゴンゴン――、猫の尻尾は思うたより大きな音をたてた。

すぐに中のほうからパタパタと小走りに向かうてくる気配がした。

「Hola!」

声と一緒にドアが開かれた。戸口に立ったその小柄で年老いた女の人を見て私とアマリアは目をみはった。

「ミスター・エリオ」

アマリアが掠《かす》れた声を出す。

ミスター・エリオ。エリオさんは鶴子さんの亡くなった旦那さんやった。私もアマリアも鶴子さんのお家のあちこちに飾られた写真立ての中のエリオさんしか知らへんかったけど、目の前のエリオさんそっくりの面差しの女の人は、間違いなくエリオさんのお母さんやと思うた。

「よく来てくれたね。さぁ急いで」

スペイン語でそう言うてくるりと踵《きびす》を返したんに、私とアマリアは面食《めんく》らいながらも慌てて中に入る。ついて来てとうながされるまま、ナイトガウンの裾をひらひらさせながら、かくしゃくとした足取りで前を歩く背中についてく。ああ、ここも同じ。狭い間口から入れば細長く奥へ奥へと続く家の中。昨日の晩のタブラオで感じたのと同じ不思議なデジャブ。

まだ薄暗い家の中、物陰から何か白いもんがとび出てきた。一瞬、ぎょっと立ち止まったら綺麗な長い尻尾をした真っ白い猫やった。にゃぁとひと声ないて女の人に走り寄ってく。

ダイニングルーム、パティオ、リビングルームを通り抜けたら、またもう一つパティオがあった。その隅にある黒い鉄の螺旋《らせん》階段をエリオさんのお母さんは上ってく。もうかなりのお年のはずやのに、それを感じさせへんキビキビとした足取りで。その足元をすり抜けて猫がかけ上がってく。

「急いで」

階段の上からまたかけられた声に足を速める。思うたより急な螺旋階段を上りきると屋上のテラスに出た。目にとびこんできた風景に、ふうと息をつきかけたのも忘れる。

息を呑《の》むような朝焼けが空を染め始めてた。太陽が昇ってくる方向から、見えない大きな刷毛《はけ》で撫でられるようにして、夜色の街並みが朝焼け色へと塗り替えられてく。薄紫からピンク、ピンクから橙《だいだい》、そして燃えるような緋色《ひいろ》へと、一瞬ごとに目の覚めるような鮮やかさで空も街もその彩りを変えてく。

「Qué bonita」

英語も日本語も堪能やけど、一番自分の心に近い言葉はスペイン語やというアマリアが、何てキレイとスペイン語で呟いた。

「ほんまに」

私は日本語で応える。

「この朝焼けを見てほしかったんだよ。これを見たらどんなときも朝は来るって信じられるし、来てくれた朝にありがとうって、そんな風に思えてね」

どうだい？　そんな感じがしないかい？と、エリオさんのお母さんに問いかけられて答えに詰まる。過ぎてく時間に背を向けて、朝も夜もないような時をずっと過ごしてた。そんな私や私に起きたことをまるで知ってるかのように思えて。

言葉が出えへん私に向けるその眼差しが温かく見えるんは朝焼けの光に照らされてるからなんやろか。無数に皺が刻まれた顔も無造作にまとめられた真っ白な髪も、着慣れて身体にくたりと馴染んだ白いナイトガウンも、朝焼け色に染まってる。

「ルシアだよ」

スミレですと、差し出された手を取る。いっぱいの皺で縮んだように見える手やけど握る力はぎゅっと強い。今まで生きてきた人生のその長さ分の強さを蓄えたような手。みんな年をとる。けどどんな風に年をとってくかはバラバラで。年と共に何かを失くしてく人もいれば、ずっと得続ける人もいる。私は今、どんな手をしてるんやろう。

ちょっと長めの握手のあと、今度はアマリアに向かうてルシアさんは両の手を広げる。

「ありがとう、よく来てくれたね」

そう言うてハグをしたルシアさんの腕の中、アマリアがぎゅっと目をつむる。感に堪えへんように。見てる私もちょっと胸が詰まりそうになる。

長いハグ。二人がようやく身体を離すのを待ってたようにルシアさんの足元に猫がニャァとすり寄る。わかってるよ、お前の番だね、そう言いながらルシアさんに抱きあげられて、猫がルシアさんの首元に嬉しそうに耳をすり寄せる。

「この子はエリオドロ」

ルシアさんの腕の中、おでこを撫でられて目を細めてたエリオドロがニャと短く返事をした。

「エリオドロ?」

アマリアが信じられないという顔になる。

エリオドロ――、鶴子さんもエリオさんとの赤ちゃんをその名前で呼んでたって、アマリアは香港で鶴子さんの元で働いていた頃から、幾度となない思い出話の中で聞いてた。エリオさんの名前にはスペイン語で太陽という意味があったから、その赤ちゃんは太陽の贈り物のエリオドロって、鶴子さんはお腹の赤ちゃんをそう呼んでたって。その赤ちゃんが生まれてくることなくお腹の中で逝ってしもうたその日まで。

亡くしたのは赤ちゃんだけやなかった。

最初はエリオさんやった。仕事の帰りたまたま買い物に立ち寄ったところで不幸な事故に巻き込まれた。買い物をしたお店の前には同じビルのずっと上の方の階の改修工事のための足場が組まれてた。空を切り取ってしまうほどの高い建物にそって天へとのびてくような香港ならではの竹の足場。ちょっと前の強い台風でどこかが緩んでたんやろか、何の前触れもなくそれが一気に崩れた。もしかしたらエリオさんは何が起こったかもわからへんまま亡くなりはったかもしれへん。下敷きになって即死やった。

その突然の災いのような不幸を鶴子さんはなんとか受け止めようとした。けど無理やった。受け止めるには深すぎる悲しみが鶴子さんを打ちのめした。それがお腹の赤ちゃんにも伝わってしもたんかもしれへん。赤ちゃんがエリオさんの後を追ってってたのはそのすぐ後やった。鶴子さんは自分に起きたことが信じられへんかった。心の太陽とその贈り物を嘘みたいにあっと言う間にいっぺんに失くして、鶴子さんは何をどうしてええかわかれへんかった。そのほんのちょっと前までは愛する旦那さんと一緒に、生まれてくる赤ちゃんを楽しみにする幸せの中におったのに。行き場のないどうしようもない悲しみが怒りという行き場を見つけてしもうた。エリオさんのお母さんへと。心のどっかでそれは間違うてるってわかってたけど、その時の鶴子さんはその大きすぎる悲しみに向き合うことができひんかった。

エリオさんが死んでしもうたのは、いつもは足を向けへん場所へと行ったからで、いつも足を向けない場所へ行ったんはエリオさんのお母さんのルシアさんへのプレゼントを買うためやった。しかもそれを頼んだのはルシアさんやった。

「サプライズをしたかったのに、ネックレスがいいって先にリクエストされちゃったよ」

苦笑いするエリオさんに、あなたのママらしいじゃないと鶴子さんが言うて二人で笑い合うたんは、事故に遭うほんの二、三日前のことやった。

「焼きたてを食べてもらおうと思ってね」

ルシアさんが冷蔵庫から出してきたクッキーのタネのようなもんを麺棒《めんぼう》でのばし始める。その手の動きを猫のエリオドロが目をくるくるとさせながら追う。

家の中はすっかりと明るくなってた。

アンダルシアに住む人たちはみんな、光を綺麗に家の中に取り込むことを大切にしてると聞いたことがある。日差しが強い南ヨーロッパの国では大抵、暑さよけのために光を取り込まへんような造りをしてて、昼間でもちょっと薄暗い家が多いけど、アンダルシアでは高い壁で直射日光を遮りながらも天窓などから上手に自然な光を取り込んで明るい家が多いという。

ここ、ルシアさんの家の中も柔らかい光に包まれてる。きっとオレンジ色が好きな色なんやろう。クッションや、テーブルに置かれたキャンドルや、一人がけのソファ――、オレンジ色の雑貨や家具が家のあちこちに見受けられる。壁には色鮮やかなスペインのタイルの飾り皿と一緒に沢山の絵や写真が飾られてる。その中にセピア色のまだ少年のエリオさんを見つけた。海をバックに自分で釣ったんやろか、魚の尻尾を持ったエリオさんは悲しそうな顔をしてる。

「初めての釣りだったんだよ」

私の視線の先に目をやったルシアさんが首を振って笑う。

「魚を釣るんだと言ってはりきってたのにさ。釣ったら、あんなに苦しそうに暴れると思わなかったってさ。かわいそうだって泣き出してね――優しい子だった」

ほんとにあなたは優しい子――、まるでエリオさんが目の前にいるかのように語りかけるルシアさんの口調は穏やかで優しくて慈しみに満ちてる。そこに悲しさは感じられへん。

あぁと思う。あぁ――、私はいつからこんな風に岳に話しかけてへんやろうって。

「どうしたら――」

　思わず言葉がこぼれて口をつぐむ。

「どうしたら？」

　ルシアさんが麺棒を動かしてた手を止めて、もの問いたげな顔を私に向けたけど、私は言葉をつぐことができひん。

「美味しそうなクッキーね」

　言葉に詰まった私に助け船を出すようにアマリアが弾んだ声を出して、それにとってもいい匂いと息を吸い込む。

「クッキーじゃないよ、これはポルボロンさ」

　ふふふと、ルシアさんが笑うて、今度は綺麗にのばされたタネをクッキーの型で丸く型抜きしてく。ひとつひとつ丁寧に。

「ポル――ボロン？」

　たどたどしく繰り返したアマリアが知ってる？って目で問うてきたんに、ちいちゃく頭を振る。

「ポルボロン。幸せのお菓子。わざわざこんな遠いとこまで来てくれたあんたたちに食べてもらいたくてね」

　丸い形が綺麗に並んだ天板を眺めてルシアさんが満足そうに頷く。

「幸せのお菓子って？」

「焼けたら教えてあげるよ」

よっこいしょと初めてその年齢に相応しいような掛け声をかけながらルシアさんがオーブンにそろそろと天板を入れた。

あっと言う間に焼けるからねというルシアさんの言葉どおり、すぐに甘く香ばしい匂いが漂いだした。

「マンサニージャでいいかい？」

それはカモミールティーのことなんやと、ルシアさんがかざしてみせる小箱に描かれたカモミールの花の絵でわかる。ポルボロンにマンサニージャ。自分の知らないスペインに出会う度《たんび》に宝もんを見つけたようになってた昔の気分を久しぶりに思い出す。

「最近はこればっかりなのさ。カフェインをとるとシエスタがさっぱりできなくてね。トイレも近くなってしまうしさ。昔はコーヒーが大好きだったんだけどね。年だね」

フフフと可笑《おか》しそうに笑いながらルシアさんがテーブルに出してくるお皿やティーカップは、鮮やかなオレンジ色で縁どられてて。

「オレンジ色が好きなのね」

「太陽の色だからね」

アマリアの言葉にルシアさんはニッコリする。スペイン語で太陽という意味の名前のエリオさん。あらためてもう一ぺん、部屋の中を見回す。この家のあちこちにあるオレンジ色はエリオさんを思う色やった。そう思うた私の心の内が伝わったみたいに、エリオとエリオドロの色だよとルシアさんが言うたのに、エリオドロが、ニャアンと尻尾を振りながら返事をした。

チンと音が鳴りルシアさんがソロソロとオーブンから天板を出してきた。焼かれてちょっと膨らんでコロンと丸く愛らしいポルボロンにそれが仕上げだという真っ白な粉砂糖がルシアさんの皺だらけの手で振りかけられてく。

いい匂い、美味しそうと口々に言う私とアマリアに、

「もうちょっと冷めるまでお待ちよ、今触ったら、口に入れる前にくずれてしまうからね、エリオもポルボロンが大好きでね、いつも待ちきれなくて食べようとしてくずしちゃってさ、それでまた泣くんだよ、泣き虫で可愛いわたしのエリオはね」

と、ルシアさんが可笑しそうに笑う。

岳の泣き顔が浮かぶ。泣きすぎて汗をかいて湿った髪の毛、まつ毛についた涙の粒、ほかほかとした体、はっきりと覚えてるそのすべてが愛《いと》しいけど、私はまだルシアさんみたいに岳のことを思い出して笑えない。

ティーカップにお茶が注がれた。カモミールの花の優しい匂いが漂う。やっと落ち着けるねと、私とアマリアの前にルシアさんが座る。待ちかねてたようにエリオドロ

がその膝にとび乗る。

「ありがとう、来てくれて。本当に嬉しいよ」

テーブル越しにルシアさんがアマリアの手を取った。ルシアさんの日によう焼けて皺だらけの顔の綺麗な緑色の目は穏やかな、けど、力強い光を放ってる。長い時間じっと人を見守ってきた木のような、年月を経たからこその生命力を感じる。

「こちらこそ、会えて嬉しいわ」

答えるアマリアの声がちょっと潤んでる。

「それに私ひとりではきっと来られなかったわ。スミレが一緒に来てくれたから――」

「ありがとう、スミレ、来てくれて」

今度は私の手がルシアさんの両手に包まれる。しっとりと温《あった》かい手のぬくもり。

「これを貴女に渡しに来たんだけど、これもスミレがいなければきっと渡せなかった」

アマリアが古びたちいちゃな赤い箱を取り出した。

「鶴子ママからよ」

「ツルコから?」

ルシアさんが目を見開く。

アマリアが差し出した小箱を受け取るルシアさんの手がちょっとふるえてる。

「ありがとう、ツルコ」

両手の中の小箱に語りかけるようにルシアさんが言う。まるでそれが鶴子さんであるかのように。その両の目尻から、すうっとひと筋ずつこぼれた涙が頰の皺をつたう。

「それでツルコは？　元気にしてるのかい？」

涙を拭うた指で箱にかかったリボンをそっと大事そうにほどきながらルシアさんがそう訊いたんに、

「鶴子ママは――」

答えかけてアマリアは声を詰まらせた。

鶴子さんはちっとも元気やなかった。体からも心からもその灯《ともしび》は消えかけてた。

あの日、偶然ばったりと再会したアマリアからそれを聞いた途端、私の中でパチンと音がした。ずっとオフになってたスイッチが入ったような音にも、誰かに頰をパチンと叩かれたような音にも思え。どっちにしてもその音は、私を椅子からガタンと立ち上がらせて、鶴子さんに会わせてほしい、そう言わせた。

久しぶりに会う鶴子さんは眠ってた。すっかり痩せてしもうたけどその手は温《あった》かくて、もう目が覚めることは多分ないと聞かされても、鶴子さんと、声をかけずにはいられへんかった。

まだ意識があった間は私と、そして岳のことをよう口にしてたという。会いたいと。

こんな大事な人に私はなんで会いに来《け》えへんかったんやろう。こんなに間に合わへんようになってしまうまで。

泣きながら悔いる私の肩を、大丈夫、鶴子ママはまだここにいる、スミレの声もきっと聞こえてるヨと、アマリアが抱いてくれた。

そのアマリアからもう一ぺん訊かれた。アンダルシアに一緒に行かへんかと、鶴子さんのおつかいをしにと。

「アンダルシアにおつかい？」

カフェでもアマリアはそう口にしてた。

「これを、アンダルシアのミスター・エリオのママに届けてほしいって」

アマリアが鶴子さんのベッドサイドテーブルの上の古びた小箱を手に取る。

「これって、もしかして——？」

「ミスター・エリオがママのために買ったネックレスだヨ」

驚きを隠されへん私にアマリアが頷く。

「鶴子さん、絶対に渡されへんって言うてはったのに」

エリオさんが命を落としてしまったときのことを話してくれたとき、そのネックレスをどうしてええかわからへんって鶴子さんは言うてた。エリオさんの大切な形見のようにも思えるけど、そのせいでエリオさんの命が奪われてしまったという思いもどうしても消されへんって。ずっと大切に持っておきたい気持ちと、捨ててしまって二度と見たくない気持ちがわやくちゃになってってって。

「エリオさんのお母さんに渡してあげへんのですか?」

私の口からふと出てしもうた言葉に、鶴子さんの反応は硬かった。

「それは絶対にできひん」

ピシャリと襖《ふすま》を閉めるような口調に、もうそれ以上踏み込まれへんかった。あの時の強張《こわば》った表情が嘘のように、目の前の鶴子さんは微かな寝息を立てて穏やかに眠ってた。

「スミレと岳ちゃんのことがあったからだヨ」

微かな寝息を立てる鶴子さんにアマリアがじっと目をやった。

「スミレの悲しみが身にしみたって。それで、ミスター・エリオのママの悲しみをやっと考えられるようになったって」

岳を亡くした悲しみに暮れ、息も絶え絶えやのに誰も寄せ付けようとせん、手負いの獣みたいな私をどうもしてやられへんのが辛いって鶴子さんは言うてたって。もう十分に悲しいのに、自分をずっと責め続ける私の姿が悲しすぎるって。

そしてはっとしたって。自分のことを思うて。ルシアさんのことを責め続けた自分。自分の悲しみだけでいっぱいいっぱいで、他には何にも目を向けられへんかった。ルシアさんも自分と同じ愛《おんな》してやまない大切な人を突然亡くしたってことにも、その悲しみにも。一人息子のエリオさんを深く愛してたのは言わずもがな、初めての孫をエリオさんと鶴子さんと同じくらい心待ちにしてたルシアさんやったのに。

「何でそれを思われへんかったんやろう。あなたのせいでエリオもエリオドロも死んでしまったたって、責めて鞭打《むち》つようなことして」

そう言うと鶴子さんは情けないって両手で顔を覆《おお》って泣き出したって。

エリオさんからのネックレスをルシアさんに届けにアンダルシアに行きたいって言い出したのはそれからすぐやったって。年齢のことや、車椅子ということもあり、無理があるんではと、アマリアをはじめ、周りの人はみんな止めたけど、そこはいつもの鶴子さんらしく、行くという気持ちをガンとして曲げることはなかった。

鶴子さんが倒れたんはそれから間もなくやった。

箱を開く手を止めて、私とアマリアの話を聞いてたルシアさんが、なんてことだいと首を振る。その声が涙で掠れてる。

「ありがとう、ツルコ」

両手の中の小箱にまたそう声をかける。

「あんたたちもずいぶん辛い思いをしたんだね。なのにこんな遠いところまで――。

ほんとうにありがとうよ」

　潤んだ目で私とアマリアをしみじみと見ながら、心のこもった口調でそう言うたルシアさんが、じゃあ、開けさせてもらうよと、小箱の蓋をそおっと開けた。

「なんて可愛い。こんなの初めて見たよ。これは何かの形かい？」

　小箱の中のネックレスには寿《ことぶき》の形のちいちゃなペンダントトップがついてた。

「それは文字よ、漢字という。漢字にはそれぞれの意味があるの。この漢字は香港では長生きをもたらすという幸運の文字なのよ」

「長生きだって？」

　もう十分長生きしてるんだけどね——と、言いながらルシアさんがネックレスをそろそろと大切そうに箱から出したら、その下に、ちいちゃく折り畳まれて隠してたみたいに添えられたカードがあった。

「カードだ」

　ルシアさんの目が大きく開く。読んでいいのかいとでも訊いているように私とアマリアに目を向けるんに二人で頷く。

　微かにふるえる手でカードを開いたルシアさんの目から大粒の涙がこぼれ出す。

「あぁ、間違いなくエリオからだ。いつものエリオの言葉だ。わたしの可愛いエリオ。いつもなんだよ。いつも必ずこう書いてくれた」

――大好きなママへ。いつまでも元気で長生きして。愛をこめて。エリオより。

そう色あせた文字が並んでた。

「わたしの優しいエリオ。優しいおばかさん。わたしなんかの長生きを願って、自分は死んでしまって――」

後はもう言葉にならへんかった。ルシアさんの膝の上のエリオドロがそんなルシアさんを目を丸くしてじっと見上げてた。


「待たせたね、さぁ、食べよう」

冷めてしまったからと淹《い》れなおしてくれたお茶からは、さっきと同じ優しいカモミールの花の匂いがする。鮮やかなオレンジのふち飾りのお皿の上にはポルボロンが並べられてる。

「このポルボロンというお菓子はね、ほんとに崩れやすいんだよ。こうやって、気をつけて、そおっと口に入れて」

言葉どおり、ルシアさんはそおっとポルボロンを手に取って口に入れるやいなや、

「ポルボロン、ポルボロン、ポルボロン」

と呪文のように唱えた。

「あぁ、惜しかった。三回目の前に崩れちゃったよ」

可笑しそうに笑う。

「これはね口の中で崩れる前にポルボロンと三回唱えることができたら幸せになる、そういうお菓子なんだよ、食べてごらん」

幸せになるお菓子――自分の気持ちが後ずさるのがわかった。

アマリアは早速手に取って口に入れてる。

「ポルボロン、ポルボロン、ポル――、ほんと、だめだ、崩れちゃう」

悔しがって、もう一回と、また手をのばす。

「さぁ、スミレも」

ルシアさんが私へとお皿を差し伸べる。粉砂糖をふわりとまとって香ばしい匂いをさせてる見るからに美味しそうなポルボロンを前に、私は両の手を膝の上でぎゅっと握ったままで。

「どうしたの、スミレ」

「甘いものは苦手かい？」

アマリアとルシアさんが私の顔を覗き込む。

「そうじゃなくて――、私には食べられない。幸せなんて望んだりできないから」

躊躇いながらそう言うて肩を落とした私と、私の言葉に眉を曇らせたアマリアを見てルシアさんがお皿をテーブルに戻す。

「何でだい？　何があんたにそんな悲しいことを言わせるんだい？」

「私も息子を亡くしました。それも、私のせいで――」

「そうだったね、でも、それはわたしも同じだよ。私も息子を亡くした。あんたと同じで自分のせいだと思ってる。死にたいぐらい辛い。でもだからと言ってわたしは幸せを望むのを止《や》めたりしていない」

　私を静かに見つめるルシアさんの目には強い光が見える。

「どうしてそんなに強いんですか？」

　思いきって口にする。会ってからずっと、エリオさんのことを話す度《たんび》に心から幸せそうな顔になるルシアさんに抱いてた割り切れない気持ち。

「――どうしたらそんな風に幸せそうにエリオさんのことを話せるんですか？　悲しみを見せずに。時間？　時間が悲しみを癒やして、いつかは消していってくれるんですか？」

「悲しみは――」

　ふぅとルシアさんが息をつぐ。胸に痛みを感じたみたいに。

「わたしの悲しみは消えてなんかないよ。癒えたりもしてない。世の中にはどんなに時間が経ってもけっして消えも癒えもしない悲しみがあるということを、エリオを亡くしてわたしは知った。あんたもそうだろう？」

そう言うルシアさんの瞳にはさっきまでなかった深い悲しみが見える。途端にいたたまれない気持ちになる。

ごめんなさい無神経なことを、と詫びた私に、いいんだよとルシアさんが首を振る。

「わたしに悲しみが見えないなら嬉しいよ。エリオはきっとそう望んでるからね。わたしがちょっと悲しい顔をしただけでベソをかいちゃう泣き虫だったからね。いつもずっと言ってくれてた。ママ、どんな時も幸せに、いつまでも元気でって。今でもきっと、自分のことを思い出すときには、泣かないでほしい、幸せに笑っていてほしい、そう思ってると思うんだよ。あんたの子供はどうだい？　あんたの泣いた顔が好きだったかい？」

岳の顔が浮かぶ。ママが笑った顔が大好きといつも言ってくれた岳。私が落ちこんだ顔をしてるときには心配そうに、ママ、大丈夫？と、私の頭を撫でてくれた岳のちいちゃな手。

「幸せに、元気で、長生きで――。エリオがわたしに願ってくれてたこと、その思いに応えたいんだよ。簡単じゃないときだってそりゃあるさ、でも、わたしがエリオにしてやれることなんて、もうこれしかないんだもの」

きっぱりと言うルシアさんの目にはもう、また強い光が戻ってる。この強さはエリオさんへの思いの強さだと気づく。

「岳ちゃんもきっと思ってるヨ。スミレに幸せに笑っていてほしいって」

アマリアが私の肩に手を置く。

「岳ちゃん、いつも言ってたじゃない。白い花はハッピーの花って」

――え？　何のこと？

「それは岳が白い花が好きだからで――」

「なんてこと。スミレ、知らなかったの？」

アマリアが目を見開く。

「岳ちゃん、いっぱいの白い花に囲まれて踊るママはすごく綺麗で幸せそうだったって。白い花はママを幸せにするハッピーの花だって――」

あぁと私は顔を覆った。

ママ、見て、ハッピーの花と、白い花を目にするたび幸せそうに笑うてた岳。その岳が思うてたのは私の幸せやった。

がっくん――と、その名前を呼んだ。涙と一緒に岳への愛しさが堰を切ってこぼれだした。

三杯目もマンサニージャでいいかいというルシアさんに私とアマリアは微笑んで頷く。今度こそ冷めないうちに飲まないとってルシアさんが笑う。

「ちがうお茶でもいいんだけどね、最近はもっぱらこれでね」

「シエスタもできるし、トイレも近くならない」

最初にお茶を淹れてくれたときにルシアさんが言ったことを、その口調を真似して茶化して言うアマリアに、ルシアさんがそのとおりと満足そうに頷く。

「それに花言葉がいいんだよ」

「花言葉？」

「逆境で生まれる力。マンサニージャの花言葉さ。いいだろ」

胸を衝《つ》かれる。目の前にいる皺だらけの、私よりずっと小柄で、ずっと年老いたその人、ルシアさんは、まさに逆境で生まれた力で溢れてる。私は？と思う。自分の中にはそんなもんは見当たらへん。こんな私を見たら岳はどんな顔をするだろう。

優しい湯気が立つカモミールティーが入ったカップにゆっくりと口をつけた。私も力が欲しい。そんな思いが心に浮かんだんに驚く。もうずっと悲しみの殻の中にただじっと閉じこもってた。何かを欲しいなんて、まして力なんて思うたことがなかった私が強くなりたいと思い始めてた。

「だめ。やっぱり崩れちゃう」

いくつ目なんやろう、ポルボロンをまた口に入れたアマリアが、難しいよと肩をすくめる。

「幸せって崩れやすいものだからね」

ルシアさんも肩をすくめる。

「でも崩れてもまた幸せになりたいと願う。そうしてみんな前に進んでいけるんだよ」

白い花に囲まれて幸せそうに笑う岳の姿が浮かんだ。私に向かって手を振ってる。その岳はどんなときも変わらず私の中にいてる。これまでも、ようやく歩き始めようとしてるこれからも。

「全部食べてしまわないでね、アマリア、私の分が無くなってしまう」

私の言葉にアマリアが一瞬目をみはったあと、とびきりの笑顔になる。ルシアさんも。皺だらけの顔に優しい皺をさらに寄せて笑う。その笑顔にエリオさんが見えた。ルシアさんと一緒にエリオさんも笑うてた。

私はすうと一つ深呼吸をして、お皿の上に並ぶポルボロンに手をのばした。ルシアさんの膝の上のエリオドロがニャーと嬉しそうに鳴いた。

〔第三章〕鶴子とアマリアの湯丸

――香港のスイーツ

天井をゆったりと舞う龍はその手に蓮《はす》の花を携えている。

「あんなお品のええ、はんなりとした龍《ドラゴン》さんは見たことない」と、マダム鶴子がよく言うように、確かにこの蓮花宮《リンファクン》という小さな廟《びょう》の天井に描かれたこの龍には、他の龍にあるような猛々《たけだけ》しさはなく、その姿はたおやかで美しい。

目の前に立てられた長い線香から煙が立ち昇っていく。その煙にアマリアは自分の思いも一緒にのせるようにして両手を合わせてしばらく天井を仰ぐ。マダム鶴子がいつもしてたように。

フィリピンで大学を卒業したあと、メイドとして働くためにアマリアが香港にやってきたのは、もう十年前にもなる、マダム鶴子の元で働き始める日に、マダム鶴子がアマリアをこの廟に連れて来た。

「あんたも今日からうちのマンションに住むんやから、ここが氏神さんや」

日本語はかなり堪能なアマリアだったけれど、ウジガミという言葉には聞き覚えがなかった。それを見透かされたように、

「あんた、氏神さんって何かわかってんのんか？」

と、マダム鶴子にピシリと訊かれた。面接のときを含めても、まだ数度しか顔を合わせたことがないこの気難しそうな女主人は、ものを訊《たず》ねたら叱られそうな気配をま

とってたけれど、わからないです、何でしょうとアマリアは素直に訊いてみた。

「そこの土地に住んでる人間を守ってくれる神さんのことや」

なるほどと、頷いたアマリアに、

「まあ、知らんことをちゃんと訊けるんはよろしい。わたしは知ったかぶりが嫌いや」

と、これも変わらずピシリとした口調でマダム鶴子は言った。よろしいというおそらくは褒め言葉も、変わらずピシリとした口調で言うこの新しいご主人に少し不安になりながらアマリアはもう一度頷いた。

アマリアがマダム鶴子の元で働き出したあの頃は、まだマダム鶴子は杖《つえ》をつきながらも自分の足で歩いてて、自分の住むマンションのすぐ近くにあるこの蓮花宮を通りかかるときには時間が許せば必ずお参りしていた。きちんとしたお参りが叶わないときも、通りかかれば必ず蓮花宮を正面に見渡せる路地の角に立ち止まって、廟に向かって手を合わせていた。

生活のほとんどに車椅子を使うようになってからは、自分は廟の外の正面で車椅子の上から手を合わせて、わたしの代わりに氏神さんにご挨拶して来てちょうだいと、アマリアを中へと送るようになった。

最初は、代わりとはいえ、廟の中で異国の神様に手を合わせるというのは、アマリアにとっては戸惑いがあった。

フィリピンで生まれた多くのフィリピン人がそうであるように、クリスチャンとして育ったアマリアはそれまで他のものに手を合わせたりはしたことがなかった。実際、こんなに沢山の何十万人というフィリピン人が住む香港だけれど、蓮花宮のような中華寺院で手を合わせて祈るフィリピン人をアマリアはほとんど目にしたことがない。

「香港の神様に英語でお祈りしていいデスカ。しかもワタシ、クリスチャンデス」

「ええに決まってる。香港の神さんは英語もできはる。なんせイギリス領やったんやし」

思ったことはつい素直に訊いてしまうアマリアに、マダム鶴子は顔色も変えずにピシリと答える。

――英語の出来る神様？　イギリス領？

アマリアがマダム鶴子の言葉を頭の中で反芻《はんすう》してたら、

「冗談や。笑うとこや」

と、またピシリとマダム鶴子に言われた。

冗談を言ったようには全く見えないむすっとした顔のマダム鶴子が逆に可笑しくて吹き出したアマリアに、笑うのが遅いと、またマダム鶴子がピシリと言う。それでも、

「クリスチャンでも仏教徒でも、ご縁があってそこに住まいを構えてる人間を守ってくれはるんが氏神さんや」

と、マダム鶴子が諭すように言った言葉にはゆるぎない真摯《しんし》な響きがあって、アマリアの心にストンとおさまった。

それからはマダム鶴子がいなくても、アマリアは蓮花宮にふらりと立ち寄って、手を合わせるようになった。


アマリアはもう一度天井の龍《ドラゴン》に目をやって、後でまたお会いできるのを楽しみにしてます——そんなことを心の中で龍《ドラゴン》に話しかけてから蓮花宮を後にした。

蓮花宮の周りは、昔ながらの唐楼《とうろう》と呼ばれる低層の古びたマンションが立ち並び、普段はのんびりとした雰囲気が漂っているけれど、今日は華やかな賑わいに包まれている。大坑火龍《タイハンかりゆう》という文字が入ったTシャツを着た地元の人たちがひっきりなしに行き交う。

今日から三日間は中秋節《ちゆうしゆうせつ》というお祭りにあたる。日本では中秋の名月っていうんやでと、これもまた初めて聞く日本語とその意味をマダム鶴子に教わった。

中秋節は、香港の人が大切に思う大きなお祭りで、この蓮花宮近くの通りでは『火龍』というドラゴンダンスのパレードが三晩続けて催される。百四十年以上も続く伝統の行事だというけれど、マダム鶴子の元で働くために引っ越してくるまでアマリアは見たことはなかった。

初めて見た時にはその迫力に圧倒されて息を呑んだ。

七万本もの火の灯された線香を藁《わら》に挿して造られた長さ七十メートル近い火龍という名の龍《ドラゴン》が数百人という大勢の手で担がれて、パレードというよりは疾走といった勢いで狭い通りを激しく舞いながら駆け抜けていく。そこには魂が宿っているような迫力があった。そしてその宿っている魂は蓮花宮の龍《ドラゴン》のものだと思われていると聞いてアマリアは驚かされた。あのたおやかで優し気な龍《ドラゴン》のその内にこんな猛々しさが秘められていたのかと。

今日の夜もまた、あの火龍を見られると高揚する気持ちと、また過ぎた一年のあまりの速さにおののくような気持ちがアマリアの中で入り混じる。

フィリピンから香港に移ってきたのは十年前になる。マダム鶴子の元で働くまでの最初の五年間は、大学で勉強して堪能になっていた日本語を買われて、日本人の駐在員家庭の元で働いた。初めてメイドとして働く、そのご主人はどんな人たちなんだろうとアマリアは不安だったけれど、いつも穏やかな夫婦と、生まれたばかりの可愛い双子の姉弟の四人家族をアマリアがすぐに好きになったように、その家族もアマリアのことを気に入ってくれたようだった。

その家族がアメリカへの転勤で香港を離れることになったとき、五年も一緒に暮らして、あなたのことはもう家族のひとりのような気がするのに淋しいと、その日本人のマダムは涙ぐんだ。

家族というものがなく育ったアマリアは、その日本人のマダムの家族のひとりのようという言葉が涙が出るほど嬉しかったのと同時に、その優しい家族と離れるのは涙が出るほど淋しかった。それを、アマリアと同じように香港でメイドとして働くフィリピン人の友達たちに話したら、あんたはラッキーよ、ひどいボスのほうがほんとに多いのにと、みんなに口々に言われた。自分は確かにラッキーかもしれないと思いながらも、そういう友達たちにはみんなフィリピンに本当の家族がいて、アマリアはいつもそれが羨《うらや》ましかった。

マダム鶴子は中々気難しい感じの人だった。

マダム鶴子の元での仕事を紹介してくれた、香港に出稼ぎに来ているフィリピン人の間では、その見事なほどに丸々と太った体形や、世話好きな性格から太っちょママと呼ばれて頼られてる仲介業者は、その額にいっぱいかいた汗をせわしなくハンカチで拭いながら、マダム鶴子はちょっと気難しくて大変だと思うけど、がんばって長続きしてねと、そんなことを励ますような口調でアマリアに言った。

働き始めてしばらくはアマリアの一挙手一投足にピシリと厳しい言葉がマダム鶴子からとんできて、最初に勤めた日本人のマダムのいつも穏やかで優しかった様子とのあまりの違いにアマリアは少し辛い気持ちになった。

最初に言われたのは食事をする場所だった。マダム鶴子へのお給仕が終わって、自分の食事をリビングのテーブルの片隅でしようとしたら、「台所で食べなさい」とピシリと言われた。

前に働いていた日本人の家庭では一緒にテーブルを囲みこそしなかったけれど、アマリアが仕事の合間にテーブルの片隅で手短に食事をすませるのに特に何かを言われたことはなかった。けれどマダム鶴子に言われたことを話したら、太っちょママも他のメイド仲間も、みんなそうしてる、メイドとはそんなものだと口を揃《そろ》えた。この新しいご主人が特別に意地の悪い人ならどうしようと心配していたアマリアはそれを聞いて少しだけほっとした。

それからは他に色々細々とマダム鶴子から言われることも、香港でメイドとして働く上での立ち居振る舞いを学んでいるのだと思えるようになった。この厳しいご主人をきちんと満足させるように働くことができるようになれば、これからきっとどんな人のところでも優秀なメイドとして働くことができる——と、そんなことも思った。

そう思うようになってからはマダム鶴子の厳しさを辛いと思うことはなくなった。よく聞けばマダム鶴子の言葉のどれにも理不尽さはなかったし、何事もキチンと丁寧に心をこめて——折にふれマダム鶴子がそう繰り返す言葉がアマリアの心に深く響いていたこともあった。

何事にもキチンと丁寧に心をこめて——そんな風に生きていきたいとアマリアは思った。香港という知らない国に来て、ただ懸命に毎日を過ごして、自分がどう生きたいなどと考えたことはなかったけれど、そうか、ワタシはそんな風に生きていきたいんだと気づかされて襟を正されたような気持ちにアマリアはなった。それと同時に、マダム鶴子に対しての敬愛のような憧憬《どうけい》のような気持ちもアマリアの中に生まれ始めていた。

几帳面《きちょうめん》で曲がったことが嫌いで、他人にも厳しいけれど、自分のことも厳しく律していつもキリッとしてる、それでいて時折、情の深さをうかがわせる——マダム鶴子のような女の人にアマリアは初めて出会った。

マダム鶴子はマダム鶴子で、あんたみたいなんは初めてやとアマリアに言った。おきあがりこぼしみたいやと言われた。おきあがりこぼしという聞き取るのも難しい言葉にアマリアがポカンとしていたら、ほら、これやと、マダム鶴子が飾り棚の上の小さな紙で出来た人形を指さした。

笑い顔のその人形をマダム鶴子が人差し指でトンと突いたら、コロンと転がったかと思うとすぐに起き上がる。

「突《つ》かれて転んでもニコニコして起き上がってくる」

そう言いながらもう一度マダム鶴子がおきあがりこぼしを指で突く。

「とても可愛いデスネ。嬉しいデス」

邪気なくそう言ってにっこり笑ったアマリアに、マダム鶴子は一瞬虚を突かれた顔をしたけれど、

「怒り甲斐《がい》がないということや」

と、またいつものようにピシリと言ったその顔は、その口調とは裏腹に少しだけほころんでいるようにアマリアには見えた。

そのうち、マダム鶴子の周りで立ち働いていても、あれこれと言われることは段々と少なくなり、それどころか、稀《まれ》に、ほんとに稀にであったけれど、中々よろし——と、短い言葉で褒められることすらあった。

前の日本人の家族の元ではアマリアは五年働いた。マダム鶴子の元で働き出してからも、もうすぐ五年になる。

同じ五年間という年月をマダム鶴子の元で働いて、マダム鶴子は自分のことをどんな風に思っているのかとアマリアは思う。もちろん家族のようにとは思ってないだろうけれど、少しは自分のことを気に入ってくれてるのだろうか、それならよいけれどと思いながら、中秋節の人出で賑わう路地をマダム鶴子の待っているマンションのほうへと向かう。

通りかかった雑貨屋が軒先に吊《つ》るされた中秋節のための色とりどりのランタンで華

やかに賑わってる。いつもは店先の椅子で半分眠ってるようにして店番をしてるおばあさんが今日はひっきりなしに訪れるお客さんに忙しそうに立ち働いている。通りすぎかけて、少し迷ってから、アマリアも一番小さな赤い金魚の形のランタンを指さした。おばあさんは、ひょいと慣れた手つきでランタンを軒下からおろすと、パチンと中の電灯を点《とも》してアマリアに手渡してくれた。

ほんのりと柔らかい光を灯した金魚はひらひらとした尾びれも、丸《まあ》く口を開けた少しおどけたような表情もなんとも言えず愛らしくて、アマリアの気持ちは子供のように浮き立った。

マンションの入り口まで来たら、警備員のおじさんの足元で寝転がってたキジ猫が、にゃあんと嬉しそうに首輪の鈴をちりんちりんと鳴らしながらアマリアにかけ寄って来た。

「ごめんネ、レガロ、今日はマダム鶴子とは一緒じゃないのヨ」

その頭を撫でてやりながらのアマリアの言葉がわかったのか、キジ猫のレガロはシパシパと目をしばたたかせてから、元いた場所にすごすごと戻り、またコロンと寝転がった。

このマンションの入り口で、目ヤニと鼻水で顔をガビガビにしてピーピー鳴いてた子猫だったこのキジ猫を助けたたんはマダム鶴子だった。マダム鶴子は猫アレルギーなのにマスクとゴム手袋をして、すっかり弱っていたその子猫の看病を甲斐甲斐しくしてやってた。それまで見たこともない優しい目をして。

レガロという名前までマダム鶴子につけてもらったキジ猫は、お陰《かげ》ですっかり元気になって、マダム鶴子にもとても懐いたけれど、アレルギーのことを考えるとさすがに同じ部屋で飼うのは無理だと言うマダム鶴子に、警備室で住まわせればいいさと、鷹揚《おうよう》な警備員のおじさんたちが言ってくれた。

「中秋節快楽《ジョンチャウジッファイロー》！」

かなり怪しい発音の広東語《カントン》で中秋節おめでとうと言ったアマリアに警備員のおじさんはニコニコと手をあげ、キジ猫のレガロは尻尾をパタパタと振って返事をした。


「遅かったやないの」

ただいま帰りましたと戻ったアマリアをマダム鶴子の不機嫌な声が出迎えた。時計を見上げると四時を十分ほど過ぎたところ。四時までには戻りますと言ってマンションを出たアマリアは慌ててスイマセンと深々と頭を下げる。

日本人は時間にとても正確だと今までの経験からアマリアも知っていたけれど、マダム鶴子は時間を守ることに格別厳しかった。特に戻る時間が遅れたときにはとても不機嫌になった。

今までマダム鶴子の元で働いてたメイドの中には、遅刻が続いてマダム鶴子にクビにされたり、五分、十分ほどの遅刻でひどく機嫌を悪くするマダム鶴子に我慢できずに辞めたという者も少なくなかったと、アマリアは仕事の仲介業者の太っちょママからは聞いていた。

アマリアはほんの十分とはいえ約束した時間に遅れたという自分の非は素直に省みていたし、密《ひそ》かに敬愛しているこのご主人からひまを言い渡されたくはなかった。

「これを買うのに寄り道をしてしまいました。可愛いデスネ」

アマリアが金魚のランタンをかざして見せてみたけど、まだ硬い表情のままのマダム鶴子に、アマリアはもう一度、スイマセンと頭を下げる。

それでも、帰り道の路地を賑わせてたお祭り前の空気に、自分もすっかり浮き立ってたアマリアの気持ちはマダム鶴子の不機嫌さにもしぼむことはなく、どこにランタンを飾ろうかと思案しながら部屋を見回すと思わず笑みがこぼれてしまう。

「このランタン、どこに吊るしたらいいでしょう?」

ウキウキとそう訊いたアマリアに、まだ渋い顔をしてるマダム鶴子がやれやれといった感じで首を振る。

「ベランダの軒下がええんとちがうか」

マダム鶴子にそう言われて、アマリアはいそいそと脚立を持ち出してきて、そのあたりにとマダム鶴子が指さす場所に吊るす。ランタンをひとつ吊るしただけなのに、殺風景だった小さなベランダがお祭りの雰囲気になった。

「ワタシ、香港のこんな風にずっと昔からの tradition を大事にするところが好きです。新しいものや高いビルがいっぱいで、すごく city で、新しいこともどんどん試すけど、ずっと昔から大切にしてきた古いものはちゃんと守ってるように見えマス。それはとても素敵なことだと思いマス」

夕方の風にゆうらゆうらと揺れる金魚のランタンを見上げながらそう言うアマリアの顔には柔らかな笑みが浮かんでる。

「お祭りっていいデスネ」

そう言って今度は自分にニッコリとした笑みを向けたアマリアに

「あんたには毒気が抜かれてしまう。ほんまに怒り甲斐がない」

と言いながら、やれやれという風にマダム鶴子はまた首を振った。

今日の夕ご飯にアマリアは、中秋節には毎年つくっている蒸水蛋《ジェンスイダン》を用意している。香港に来て初めての中秋節を迎える前に、香港人の家庭でアマリアと同じようにメイドとして働く友達から中秋節に作る料理だといって教えてもらった。とき卵を出汁でわって、春雨や海老《えび》などの具を入れて丸い大皿に入れて蒸す。その出来上がりの様子が丸いお月さまのように見えるから中秋節の日に家庭のテーブルに並ぶという。マダム鶴子の前のご主人の日本人の家族もみんなこの蒸水蛋を気に入ってくれた。

マダム鶴子に初めてこの蒸水蛋を作ってみたときは、えらい大きな茶碗蒸しやと、怪訝《けげん》そうな顔をした。もしかして気に入らないかもというアマリアの心配は杞憂《きゆう》で、マダム鶴子はそれを綺麗に平らげてくれた。

その翌年には、あの香港式の中秋節の茶碗蒸し作るんやったら、干し椎茸《しいたけ》と銀杏《ぎんなん》も入れてみてくれるかとマダム鶴子に言われた。その言葉のままに作ってみたら、美味しかった、おおきにと、アマリアが作った料理を本当に気に入ったときだけに口にするねぎらいの言葉も聞けてアマリアを喜ばせた。

それからは毎年、干し椎茸と銀杏も入れた蒸水蛋をアマリアは用意している。水で戻した干し椎茸と銀杏、そして春雨と海老と、具の下ごしらえをしてから卵液を作る。

卵を泡立てないようにと、ゆっくり優しくほぐしながら、リビングルームをのぞいて、バルコニーのそばの車椅子の上から外を眺めているマダム鶴子のすっと背筋の伸びた後ろ姿をうかがう。

香港の大きなお祭りの夕食はどれも家族揃って食卓を囲み、家族円満と幸せを願う。中秋節の夕ご飯もその一つで、団円飯《テュンユンファン》と呼ばれる。

マダム鶴子はアマリアの家族でもなく、一緒に食卓を囲むこともないけれど、家族円満を願う日の夕食をマダム鶴子の好みに合わせたこの家だけの味の蒸水蛋を作るのはまるで家族のような親密さを感じられて、アマリアは胸にぽっと温かい灯《あかり》をともされた心地で料理の手を進める。

アマリアは孤児院で育った。スペイン系のフィリピン人だったらしいということ以外どんな親だったかはアマリアは知らない。孤児院での生活をアマリアは辛いと思ったことは別段なかった。最低限の衣食住は与えられていたし、生活を共にする他の子供たちとも仲が良く、いつも明るくて優しく面倒見のよいアマリアは、孤児院にいる自分より幼い子供みんなから慕われていた。孤児院の中は淋しさなんて感じる間なんてないぐらいいつも賑やかだった。けれど、孤児院の外の子供たちが家族、それも大抵は大家族――、との深い愛情と絆《きずな》の元に暮らしているのを目にすると、心にぽっかりと穴が開いたような心地がした。

そのどうしても埋まらない穴を埋めようとするようにアマリアは、一心に勉強に励んだ。いつか自分も自分の家族をつくって、家族みんなが幸せに暮らせるような立派な良いお仕事がしたい、そのために勉強を沢山しなくては――、そんなことを思いながら。そのアマリアのひたむきな思いは尽きることはなかった。元々利発なアマリアであったけれど、それでもアマリアのように身よりのない子供が奨学金をもらいながら大学までも卒業するということはよくあることではなかった。

そんな風に稀とも言える人生を歩んだアマリアだったけれど、大学を卒業しても仕事が中々無いのは他の同じ年の人間と同じだった。

フィリピンでは職はなく、他の国へと仕事を求めて出て行く沢山のフィリピン人と同じようにアマリアも国を出た。アマリアは本当は日本に行きたかった。日本という国に憧れて一生懸命身につけた日本語を活かして働いてみたかった。けれど、何のつてもないアマリアが日本での雇い主を見つけ、審査が厳しい就労ビザを取って働くというのは思った以上に難しかった。思いあぐねていたところに、香港で働く友達から香港に来ないかと誘われた。日本人の家族がメイド、それも出来れば日本語を話せるメイドを探しているという。

その話を聞いたとき、アマリアの心が急にぱっと明るく照らされたような気がした。それは不思議な直感だった。目の前を遮っていたもやが晴れて、前に続く道がくっきりと見えたような。行ったこともなく、あまりよくも知らない香港という街からの誘いなのに、この道はきっとよいところへと続いていく——、そんな思いに導かれてアマリアは香港へと移ってきた。

あの時の直感は間違ってなかったとアマリアは今でも折にふれ思う。香港という街も不思議としっくりと肌になじんだし、前の日本人の家族といい、マダム鶴子といい、好きだと思って働くことのできるご主人たちにも巡り合えた。香港という街に馴染めなかったり、雇い主に辛く当たられて、もうフィリピンに帰りたいと時には泣くこともあるメイド仲間も少なくないことを思えば、自分は恵まれてると、アマリアは思う。

綺麗に蒸しあがった蒸水蛋をマダム鶴子は満足そうに平らげた。ベランダの向こうはすっかり夕暮れ色になっている。

「これも買ってきてみました」

いつもの食後の茉莉花茶《ジャスミン》と、今日戻ってくる時間に遅れた元となったもう一つの寄り道で買ってきた月餅《げっぺい》をおそるおそる一緒に出してみる。

「月餅？」

満月がデザインされた瀟洒《しょうしゃ》な赤いパッケージに包まれた月餅を前にマダム鶴子が戸惑った表情になる。

マダム鶴子は月餅が好きではなかった。それを知らないアマリアが、マダム鶴子の元で働きだして初めての中秋節のときに買ってきた月餅にもマダム鶴子は口をつけなかった。

蓮の実から作られたずっしりと重たい餡《あん》の中に塩漬けにされたアヒルの卵が入ったものが香港の伝統的なスタイルの月餅だけれど、満月を模して入れられてるそのアヒルの卵の塩漬けが、けったいな感じがして好きやないからとマダム鶴子はその時そんな風に言った。

「香港の人は家族の円満と幸せをお願いしながら食べるみたいデスヨ」

アマリアはそんな風にも言ってみたけど、

「わたしには家族もいてへんし、願う幸せもない」

と、マダム鶴子にピシリと言われて、アマリアの心はしんと冷えた。

それからアマリアは月餅を買ってくることはなかった。中秋節がめぐってくるたびに、月餅を見ると悲しい気持ちになった。それが今年の中秋節には月餅を用意してみようと思ったのは、マダム鶴子の幸せというものを思うような出来事があったからだった。

マダム鶴子は不幸せそうに泣き暮らしているわけではなかったけれど、幸せに暮らしているという風にも見えなかった。アマリアが知っているマダム鶴子はいつもキリッとした空気をまとってて、その佇まいや表情が崩れることはなかった。

そのマダム鶴子が顔をくしゃくしゃにして、こぼれるような笑顔になっているのをアマリアは数か月前のある日偶然目にした。それは一枚の写真だった。マダム鶴子がいつも手元に置いてる古びた着物の帯で作られた二つ折りのバッグからその写真がたまたまハラリと落ちた。

緑いっぱいの公園で幸せこの上ない笑顔の真っ白なウェディングドレス姿の花嫁と、

その肩を抱くスーツ姿の男の人も同じように幸せいっぱいの顔で笑ってる、そんな二人の姿が映ってた。

古びた写真の中の花嫁はまごうことなく若き日のマダム鶴子で、そのマダム鶴子の隣りで笑ってる男の人は、マダム鶴子のベッドのそばと、リビングの飾り棚の上に置かれた写真立ての中の男の人と同じ、マダム鶴子から亡くなったスペイン人の旦那さまだと聞かされてるミスター・エリオだった。マダム鶴子はこんなに幸せそうに笑う人だったんだと胸を衝かれて写真をまじまじと見るアマリアに、

「いつまで見てるんや。はよお返し」

とマダム鶴子が不機嫌そうな声と一緒に手を差し出した。素敵な写真デスネという

アマリアの言葉には返事もせずにマダム鶴子はバッグの中に写真をしまった。その素敵な写真も飾ればいいのにとアマリアは思ったけれど言葉にはできなかった。

そして、マダム鶴子の幸せそうな顔が見てみたい——アマリアはそんなことを思うようになった。といって自分がマダム鶴子を幸せにできるような大それたことができるとも思わず、せめてもと、中秋節にまた月餅を用意してみることにしたのだった。

家族の幸せと円満を願って食べる中秋節の満月にちなんだ丸《まある》い形の焼き菓子の月餅、それをマダム鶴子にも食べてもらってマダム鶴子の幸せを願いたかったし、願う幸せもないと、そんな悲しすぎることを言ったマダム鶴子にも少しは幸せを願うようにな

ってほしい――そんな風に思いながら。

今日アマリアが買ってきた月餅はマダム鶴子がけったいな感じと言った香港の伝統的なスタイルのものとは少し趣向が違うものだった。蒸水蛋の作り方を教えてくれたのと同じ香港人の家庭で働くメイド仲間の友達が、ここ最近の月餅の中ではすごく人気があると教えてくれた。美味しいだけじゃなくパッケージも綺麗だからとその友達が言ってたようにマダム鶴子の前にちょこんと置かれた月餅のパッケージはシンプルで洒落《しやれ》た感じがする。

「この月餅は中身が餡子ではなくてモンブランみたいな栗のクリームが入ってるそうデス」

マダム鶴子はモンブランのケーキに目がないのをアマリアは知っていた。月餅嫌いのマダム鶴子の心がこれなら動くかもしれないと、この月餅を買い求めてきたのだった。

アマリアの言葉に、しばらく月餅の入ったパッケージを手の平にのせてしげしげと眺めてたマダム鶴子が気乗りしない様子でその蓋を開けた。香ばしい色に焼き上げられてしっとりと光る月餅に吉祥の文字が浮かんでる。

またしばらく眺めたあと、マダム鶴子はようやく華奢《きやしや》な銀のケーキフォークを手に取った。ほんの一口分を切り分けてゆっくりと口に運んで軽く目を瞠《みは》った。

「いかがデスカ？」

待ちきれないように訊いたアマリアにマダム鶴子はいつもと変わらない声の調子で応じたけど、また次の一口を切り分けようとその手はフォークを動かしてる。

「中々、よろしい」

「よかったデス。中秋節快楽。マダム鶴子の元にきっと幸せが来ますように」

嬉しそうにそう言ったアマリアにマダム鶴子は一瞬面食らったような顔になったけど、何も言葉を返すことはなく、またゆっくりと二口目の月餅を口に運んだ。言葉はなくとも、月餅を食べるマダム鶴子の目に浮かぶ満足そうな色をアマリアは嬉しい気持ちで見守る。

三口、四口と、黙々と食べ進んでたマダム鶴子が、ふと手を止めてすぐそばの飾り棚の上のミスター・マリオの写真に目をやった。

「Está muy rico, probar un trocito?」

美味しいわよ、ちょっと食べてみる？——すぐそばのサイドボードのミスター・エリオの写真に向かってマダム鶴子がスペイン語でそう話しかけた。

「マダム鶴子、スペイン語お上手デスネ」

どうやら月餅を気に入ってくれたらしいマダム鶴子の様子が嬉しくてアマリアは思わずそう言ってしまった。

マダム鶴子が写真のミスター・エリオにスペイン語で話しかけるのをアマリアは何度も耳にしてた。けれど、それについて何かを言うのはアマリアは憚《はばか》っていた。それは、マダム鶴子はきっとミスター・エリオとだけと交わしたいであろう会話に割って入るような不躾《ぶしつけ》な感じがしたからだった。

「そら連れ合いがスペイン人やったんやから。あんたこそスペイン語わかるんか？」

マダム鶴子は驚いた顔はしたけれど、そこに不快な色はないことにアマリアはほっとする。

「はい、ワタシはスペイン系のフィリピン人なので」

ああ、それでとマダム鶴子が合点のいった顔になる。色が白くて、瞳の色も少し緑がかった茶色をしているアマリアはフィリピン人だと言うと驚かれることがよくある。

「なるほどなぁ。ほなら親御さんとはどっちで喋るんや？　スペイン語か？　タガログ語か？」

珍しく口数多く話しかけてくるマダム鶴子にアマリアは嬉しくなりながらも何て答えていいのか一瞬迷う。

「いいえ、親とはどっちも話さないデス。ワタシは孤児院で育ちましたので」

え？と、マダム鶴子が虚を突かれた顔になる。

「ほなら、あんた、どうやってスペイン語を？」

「孤児院に来てくれるシスターが教えてくれました。幸運デス。自分のルーツは大切にしたかったので」

そう言ってニッコリとしたアマリアにマダム鶴子がまた虚を突かれた顔になったあと、あんたはほんまにおきあがりこぼしやなと言いながら首を振った。

ベランダの向こう、下の通りに賑やかな鐘と太鼓の音が近づいてきた。そろそろ龍《ドラゴン》様が来るなと、アマリアに手を貸されて立ち上がったマダム鶴子がベランダに置いてある椅子へとそろそろと移動する。

赤いチャイナ服を着て、蓮の形のランタンを手に持った少女たちがパレードの先頭を歩いてくるのが見えた。その少し後に、太鼓と鐘の祭り囃子《ばやし》が乗った台座がドンドン、ジャンジャンと、耳をつんざくような激しい音を通りに響かせながらゆっくりと進んでくる。マダム鶴子とアマリアがいる地上五階のベランダにまで響くような大音量に辺りは包まれている。

そして火龍がついに姿を現す。通りの両側にびっしりと並んで火龍を待ち侘《わ》びていた人達から大きな歓声が上がる。最初に大きな球が躍り出てくる。龍と同じようにびっしりと火のついた線香が挿されて作られた大きな球が火の粉をとばしながら右に左へと舞う。それを両目を赤く爛々《らんらん》と光らせた巨大な火龍が追いかけて狂ったように舞う。

中秋節の間、三晩続けて龍を舞わせるように——この大坑《タイハン》村と呼ばれる地域で疫病に苦しんでた村人たちの中の一人がそんなお告げを訊き、そのお告げ通り火龍を舞わせたところ疫病が収まったということで、それから百四十年以上、毎年、中秋節の夜には三晩続けて火龍が舞われてきた。猛々しく舞い踊る火龍は人々の厄災や不幸を全て呑み込んで焼き尽くそうとしてるようにアマリアの目には映る。

蓮花宮の天井の龍《ドラゴン》がアマリアの頭に浮かぶ。あのたおやかな姿と、目の前の猛々しい姿——正反対のように見えるけど、どちらの龍もこの街とここに住む人々を守ろうとしている。自分もそうありたいとアマリアは思った。優しさと強さ、その両方で大切な人を守れるようになりたいと。

遠ざかって行くパレードをマダム鶴子とアマリアはじっと見送っていた。いつ撒《ま》かれたのだろう、通りには沢山の紙吹雪が落ちているのが見える。あんなに沢山いた見物客も思い思いの方向に散って行って、さっきまでの賑やかさが嘘のようにお祭りの後の空気が通りを包み始める。

お祭りが終わったあとのがらんとしたような少し淋しい気持ちと、今年もこうして無事に火龍を見ることができた嬉しい気持ちを入り混じらせながらぼんやりと通りを見下ろしてたアマリアの隣りで、ほら、綺麗なお月さん——とマダム鶴子が空を指さす。

くっきりとした丸い月がちょうどビルの陰から姿を現し始めていた。白く輝くその姿をマダム鶴子がじっと見上げている。一緒に見上げるアマリアも、しんしんと降る清らかな月の光で自分の中が穏やかに浄化していくような心地に包まれていた。

「よい中秋節デス」

月にじっと目を当てたまま独り言のようなつもりでアマリアがそう言ったのに
「あんたのお陰や、おおきに」

と、マダム鶴子がいつもとは違う穏やかな声で答えた。思いも寄らなかったマダム鶴子のその言葉にアマリアの胸がいっぱいになった。そんなアマリアに気づいてるのか気づいてないのかマダム鶴子はまだ月を見上げている。

遠くのほうで祭り囃子が微かに聞こえる。小さなベランダから寄り添うようにして自分を見上げてる二人を見守るように、月は優しい光を静かに降りそそいでいた。

ゆらゆらと揺れるスターフェリーの中からアマリアは目の前に近づいて来る香港島のきらめく夜景を眺めていた。中秋節のときにはランタンやうさぎのデザインのイルミネーションで色どられていたビルが、今はすっかりクリスマスらしいデザインで華やいでいる。

海からの風が少し冷たく感じた。冬らしい冬がほとんどない香港ではもうすぐ十二月といっても、まだ日中は半袖のTシャツで過ごす日が多い。それでも夜はこんな風に少し空気がひんやりする日もある。

いつもならとっくにマンションに戻っている時間だったけれど、今日は、マダム鶴子から頼まれたおつかいに思いのほか手間取って見事な夜景が見られる時間になった。

海に迫るように建ち並んだ高層ビルのきらびやかなネオンと、それを映した海とが織りなす夜景は息を呑む美しさで何度見ても飽きることがない。それに、このスターフェリーと呼ばれる古びた昔ながらのスタイルのフェリーでヴィクトリアハーバーを横断するのはほんの十分ほどだったけれど、束《つか》の間の船旅に出たような気分が味わえてアマリアは好きだった。

アマリアは自分がこれからどんな風にどんなところで生きていくのかわからなかった。生来明るく前向きなアマリアだったけれど、自分の行く方を思うと不安にはなった。自分のことを待つ家族もなく、仕事を見つけるのも難しいフィリピンに戻ろうとは思わなかった。

香港という街のことは思いのほか好きになったし仕事もある。けれど、じゃあ、ここでずっと生きていくのかと自分自身に問うてみてもわからなかった。いつか自分も自分の家族をつくって、家族みんなが幸せに暮らせるようなお仕事がしたい、そんな思いでひたむきに勉強をして今辿り着いてるのは香港だった。そこで出会った最初に働いた日本人の家族のことも、マダム鶴子のこともアマリアは好きだった。マダム鶴子とも中秋節以来、どんどん距離が縮まってきているように思う。言葉を交わすことも増え、それも時々それはスペイン語の会話だったりもし、心を許してくれてるような会話も増えてきた。

京都で生まれ育って海外はおろか他の街では暮らしたこともなかったマダム鶴子がアパレルの会社を香港で立ち上げた叔父をひょんなことから手伝うために香港に来たこと、ちょっとの間の手伝いのつもりが思いのほか香港が性に合いここで暮らしていこうと思ったこと、夫となったスペイン人のミスター・エリオとの幾度もの偶然が重なったドラマのような馴れ初めのこと、ミスター・エリオに連れていかれた初めてのフラメンコのショーですっかりフラメンコに魅了されてしまったこと、そんなマダム鶴子自身のことを折にふれ話してくれるようになった。

そんなマダム鶴子の変化はとても嬉しかったけれど、その反面、前の日本人のマダムのように、またいつかはきっと終わりが来る繋がりなのかと思うとアマリアは寄る辺のない淋しさを感じずにはいられなかった。

このスターフェリーに乗っているとその淋しさが不思議と癒やされた。束の間の船旅に出たような気持ちになれるこのフェリーに乗っていると、先の見えない自分の今の生活は旅の途中のようなものに思えた。これからまだ見ぬ場所――自分の人生や家族と出会う場所へときっと向かっているんだと、そんな風に思えた。

短い船旅を終えてスターフェリーから降りると、船着き場のある中環《セントラル》の街は、船の上から眺めていたきらびやかなイルミネーションが織りなす華やかなクリスマスの雰囲気に包まれていた。

毎年、天まで届くような高くて豪華なクリスマスツリーが立てられるスタチュースクエアには、今年は金色をメインでデコレーションされたツリーが、まるで無数の星をちりばめられたようにまばゆく輝いている。

——なんて綺麗なの。

アマリアは少し立ち止まって見上げたいのを我慢して、マダム鶴子のおつかいで買い求めたものが入ったバッグを抱えてツリーの前を足早に通りすぎる。

珍しくすっかり遅くなった。

今日はマダム鶴子のお気に入りのジャケットの替えのボタンを探しにほうぼう巡っていた。深い緑色のベルベットのくるみボタン。何も飾りのないシンプルなものだからすぐに見つかるものかと思ったけれど、銅鑼湾《コーズウエイベイ》の馴染みの手芸用品店では見つけられず、中環のマーケット、そして九龍《カウルーン》側の深水埗《シャムスイポー》の手芸問屋街までアマリアは足を延ばした。

沢山の手芸用品店がひしめくように軒をつらねる問屋街のお店をアマリアは一軒一

軒たずねて、やっと探していたボタンを見つけたときは嬉しくて、思わずボタンを持って跳びはねて、店番をしていたおばあさんに笑われた。

予定よりも遅くなるということはマダム鶴子にはもう知らせてあったけれど、今、中環からトラムに乗って帰ると、もう一度電話をしておこうと、アマリアが携帯電話を捜してバッグをガサガサと探っていたら後ろからアマリアーッと大きな声で呼ばれた。振り向くと仕事の仲介業者の太っちょママが大きな身体を揺するようにしてこちらにむかって来ていた。

いつも額の汗を拭っているハンカチを手と一緒におどけた様子でヒラヒラと振りながら。その姿に思わず微笑みながらアマリアも手を振り返そうとバッグに入れてた手を急いで出したら、その拍子に、ほうぼうを巡ってやっと見つけたボタンが入った紙袋がバッグからこぼれ落ちた。地面に当たったはずみで開いた紙袋の口から道の上にバラバラとボタンが転がる。

あ、待ってと追いかけて、ボタンを拾おうとアマリアが屈《かが》みこんだところで、パパーンッと大きなクラクションが鳴った。え?と振り向いたときには、アマリアのもうすぐ目の前まで車のヘッドライドが迫っていた。

気がつくとアマリアはベッドに寝ていた。一瞬どこにいるのかわからない。アマリアの目にまず入ってきたのは、しきりに額の汗を大きなハンカチで拭いながら自分を覗き込んでる太っちょママの顔だった。

「よかった、気がついた」

早口のタガログ語でそう言った太っちょママが汗を拭ってたハンカチを両手で握りしめながらほっと息をつく。

「わたし、どうしたの？」

アマリアもタガログ語で答えながら起き上がろうとしたけど、身体が何だか思うように動かない。手をついて起き上がろうと、そろそろと左手を動かそうとしたけれど、何かにがっちりと囚われたようにびくともしない。ほんとにどうしたんだろとアマリアが左側に視線を巡らせると、そこにはマダム鶴子が座っていた。

その両手がアマリアの左腕をぎゅっと握っている。

「何してんのん」

今まで聞いた中で一番ピシリとした口調でそう言ったマダム鶴子に、思わず身をすくめたアマリアが、すいませんと詫びる言葉を口にするより先に、

「こんなに心配させて――」

そこまで言って声を詰まらせてマダム鶴子はほろほろと涙をこぼし出した。

キッチンの中には生姜《しょうが》の匂いが漂っている。生姜スープを作るために、薄切りにした生姜をきび砂糖と一緒にぐつぐつと煮だしている。その湯が吹き出さないようにと様子をうかがいながらアマリアは、香ばしくよく煎られた黒胡麻《ごま》をすり鉢で丁寧にする。根気よくするうちに黒胡麻がようやくしっとりとしたところで蜂蜜とラードを加えてつやが出るまでまたよく混ぜる。

今日は冬至。祝日ではないけれど、中秋節や旧正月と同じくらい香港の人たちにとっては家族で過ごす大切な日だと考えられている。

家族に対する思いがどういうものかというのは家族がない境遇で育ったアマリアにはわかるはずもないけれど、あの日、おつかいの帰りに事故にあいかけた自分のことを心の底から案じてくれたマダム鶴子のことをかけがえのない大切な人だと思うこの気持ちは他の人が家族のことを思う気持ちと近いのかもと思っている。

あの時、間近に迫った車を咄嗟になんとかギリギリでよけられたアマリアだったけれど、倒れ込んだはずみに縁石にこめかみをぶつけて脳震盪《のうしんとう》を起こしてしまった。検査では幸い異常は見当たらなかったけれど、大事をとってということで、アマリアはひと晩病院に泊まることになった。マダム鶴子は付き添い時間もとっくに過ぎていたのに中々アマリアのベッドのそばを離れようとしなかった。

そんなマダム鶴子のいつまでお傍にいられるかわからないけれど、一緒にいられる間は心をこめてお仕えしようとそんな風に思いながらアマリアは手を動かす。

まだ五時だけれどキッチンの窓から見える街並みは夕暮れに包まれ始めてる。四時ごろに買い物に出たときには、まだ早い時間なのに、家族と過ごすためにいつもより仕事を早めに切り上げて家路を急ぐ人で通りは賑わっていた。家族揃って卓を囲み、今、アマリアも作っている湯丸《トンユン》という冬至のためのスイーツを家族円満を願いながらみんなで一緒に食べるために。

香港に来た当初はそういった香港の人が大切に思う季節の行事やお祭りを興味深い異文化としてただ見てるだけのようなアマリアだったけれど、十年も過ぎた今では自分の中にもそういった四季折々の行事ごとを大切に思う気持ちが育っている。

中秋節にしろ、冬至にしろ、また一番大きなお祝いの旧正月にしろ、どれも家族の円満や幸福を祈るお祭りで、家族を何よりも大切に思って一緒にお祝いする香港の人たちを見ていると、寂しくないと言うと嘘になってしまうけれど、今はこうして、その人の幸せを思いながら心をこめて料理が出来るマダム鶴子という存在があるのは幸せなことだとも思う。それだけに心配にもなる。

最近、マダム鶴子の様子が少しおかしい気がする。アマリアが用意する料理は特に変わらず平らげているし別段体調が悪いようにも見えない。アマリアと接しているときの様子もいつものマダム鶴子なのだけれど、バルコニーのそばでひとり外を眺めているときなどは、ひどく浮かない顔で何かを思い悩んでいるように見えることがよくある。五年もの間、マダム鶴子のそばにいたけれどそんな表情をアマリアは見たことがなかった。何か大きな悩み事でもあるのかと訊いてみたいけれど、メイドという自分の立場を思うとそこまで踏み込むべきではないとも思い、アマリアはもどかしかった。

昨日は蓮花宮にお参りに行きたいとマダム鶴子は急に言い出した。

いつものように廟の中にはアマリアを送り、自分は外の車椅子の上で待っているのかと思ったら、今日はわたしも中に入りたいと、杖をつきアマリアに支えられながらマダム鶴子は廟の中へと足を進めた。

額の前に線香を捧《ささ》げ持って、かなり長い時間祈りを捧げたあと、マダム鶴子は廟の天井を舞う龍をふり仰いだ。龍をじっと見上げながらしばらくその場から動かなかったマダム鶴子の後ろで、はやくマダム鶴子の心配なことが無くなりますようにとアマリアもそっと手を合わせていた。

——ほんとうにどうしたんだろう。

マダム鶴子を案じる気持ちと初めて作るこの湯丸が美味しく出来上がるのかと少し

心配な気持ちがアマリアの中で入り混じる。

生姜スープの中に黒胡麻餡が包まれた白い団子が入ってるというこの湯丸というデザートは、いたってシンプルなデザートで、けれど、それだけに一つ一つの手順を丁寧にすることで出来上がりの美味しさがぐんと変わってくる――アマリアは、いつも香港の料理を教えてくれるメイド仲間からそう教わった。

うまく出来ますようにと、友達からもらったレシピの手順を一つ一つ生真面目な顔で確かめながらアマリアは手を進める。

よく混ぜられてつやつやと仕上がった黒胡麻餡を一旦冷蔵庫に入れて休める。その間にそれを包む白い団子を用意する。

ボウルに入れたもち米粉をゆっくりとかき混ぜながら、ダマにならないようにぬるま湯を何度かに分けながらそろそろと加える。柔らかすぎず、かたすぎず、かろうじてひとまとまりに出来るぐらいの柔らかさをアマリアはじっくりと探る。

生姜スープの隣りのお鍋のお湯がポコポコと沸いてきた。混ぜ終わった団子のタネの中から少しだけスプンですくい出して丸い形に捏《こ》ねる。少し大きめのピンポン球ほどの大きさのそれを今度は平らに押しつぶし、沸いたお湯の中へとそろりと落とす。そんなにも待たないうちに沈んでたそのタネがぷかりと浮いてくる。白かったその色がうっすらと透き通ってくるのを待ってお湯からあげて、氷水につける。素手で触っても熱くない程度に冷めたその平たいタネを、元のタネのボウルに戻して、残りのまだ茹《ゆ》でられてないタネと混ぜながらしっかりと捏ねていく。こうして茹でたタネと茹でていないタネを混ぜることで、割れたり破けたりしない、しっとりとしてツルンとしたお団子に仕上がると、メイド仲間のレシピには書いてある。

茹でられたほうのタネは弾力があって元のタネとは中々混ざっていこうとしない。アマリアは両手を休めずにギュッギュッと根気よくタネを捏ねる。アマリアは徐々に混ざっていくタネの感触を感じながら、まるで自分とマダム鶴子のようだなと思う。混ざりあいそうに見えなかったタネがいつしか混ざっていくように、遠いように思えてたマダム鶴子と自分の心もいつしか随分近くなったような気がする。何事もキチンと丁寧に心をこめて――マダム鶴子の言葉に耳を傾けながらゆっくりとかけた時間のお陰のような気がする。

やっと綺麗に捏ねられたタネをほんのしばらく寝かせる間にリビングのマダム鶴子の様子をアマリアはうかがいに行った。あれが食べたいとマダム鶴子に乞われて中秋節に作ったのと同じ蒸水蛋《ジエンスイダン》と、これもまたマダム鶴子の好物の冬の野菜の豆苗のキノコ餡かけ、それに大根餅、どれも綺麗に食べ終えてくれた様子にほっとする。マダム鶴子はベランダのそばで、車椅子の上からいつものように外の街並みを眺めていた。

「ごちそうさん。おおきに。美味しかった」

テーブルの上を片付けだしたアマリアを振り返ってマダム鶴子がそう労《ねぎら》う。マダム鶴子からこんな嬉しい労いの言葉をかけられるのも珍しくなくなって久しい。

「湯丸《トンユン》をすぐに用意してきます」

「そうか、おおきに」

柔らかい声でもう一度労いの言葉をかけてから、マダム鶴子は外へと視線を戻す。その寛《くつろ》いだ様子に最近のマダム鶴子のことを心配してた自分の思いは杞憂だったのかもと、アマリアは胸をなでおろしながらキッチンへと戻る。

まずは冷蔵庫で寝かせられてヒンヤリした胡麻餡をスプンですくって手で丸く捏ねる。小さく丸められた胡麻餡の数に合わせて、次は団子のタネを等分する。胡麻餡より少し大きく丸めた真ん中にくぼみを作ってその中に餡を入れて、またクルクルと丸める。中の胡麻餡が少し透けて見えるツヤツヤとした白い団子が出来あがる。

大きな鍋に沸かしたお湯にアマリアは団子をそっと落としてくっつかないようにと弱火でじっくりと茹でていく。団子が浮かんでくるのを待つ間に器を用意する。

マダム鶴子はスープなどの汁物などを食べるときにはもっぱら日本の赤い塗りのお椀を使う。ついうっとりと見とれてしまうようなその雅《みやび》やかなお椀に描かれている優美に羽ばたく鳥、それが鶴だということをマダム鶴子から教えられたとき、凛とした佇まいの鶴はあまりにマダム鶴子のイメージにぴったりでアマリアをいたく感心させた。

その鶴のお椀とお盆とレンゲなどを調えている間に、鍋の中ではぷかりぷかりと団子が浮き上がりだしてた。

ようやくよい具合に茹であがった団子をお椀の中に入れる。家族円満に、そしてよいご縁の到来を願って食べる湯丸の団子の数は偶数にしないといけないと、これもメイド仲間が教えてくれてた。

いくつ入れたらいいんだろう——アマリアは少し思案してから一番形良くできあがった二つを選んでマダム鶴子のお椀に入れる。そこに熱々の生姜のスープを注いで、針生姜を少しだけのせた。とっても美味しそうに出来たとアマリアは思う。お盆に載せてレンゲを添えて、ほかほかと湯気の立つ湯丸をアマリアはいそいそとした気持ちでリビングに運ぶ。

「お待たせしました。出来ました」

「長いこと香港にいてるけど家で作った湯丸は初めてや」

マダム鶴子が目を細める。

「初めてなので上手く出来てたらいいんですけど」

「出来てるやろ。美味しそうやないの。あんたの分もここに持ってきなさい」

「え？　ワタシの分？」

アマリアは思わず訊き返した。それは一緒に湯丸を食べようということなのかとその言葉の意味をアマリアはすぐには図りかねた。食事は台所ですること——マダム鶴子の元で働くようになって最初に厳しく言われたその言葉は今でもアマリアの心に残っている。

「何ぽかんとしてんの。ここで一緒に食べたらよろしい。早うしな、冷めてまうやないの」

ピシリとそう言われて、アマリアは慌ててキッチンに戻った。自分の分の湯丸を急いで用意してリビングに戻った。

「いただきます」

姿勢を正して両手を合わせるマダム鶴子と一緒にアマリアも座りなおして手を合わせる。

マダム鶴子と一緒に食卓を囲んでいるという状況に少し緊張しながら、アマリアはほかほかと湯気が立つお団子をすくって一口食べた。ほどよい柔らかさでもちもちとした団子の中からとろりと溶けた胡麻餡が溢れ出てくる。

「Rico」美味しい——咄嗟のときにはスペイン語が一番に出てしまう。

「ええお味や」

そう言ってマダム鶴子も頷いたのにほっとする。

冬至の日にこうしてマダム鶴子と一緒に湯丸を食べられるなんて思ってもなかった。じんわりとあったかい気持ちに包まれながらアマリアがハフハフと湯丸を食べていると、

「この部屋な、出ていかなあかんのや」

マダム鶴子が唐突にそう切り出した。

――この部屋を?

あまりに突然の言葉にアマリアは声も出ない。

「このマンションもうかなり古いやろ。政府の再開発の対象になって取り壊しになるんやて」

確かにマダム鶴子の元で働き始めた五年前に比べるとこのあたりにあった唐楼と呼ばれる低層の古いマンションが次々と取り壊されていっているけれど、自分には関係のない他人事のようにアマリアは眺めていた。

「この部屋にはエリオが元々住んでて、結婚してわたしが移ってきて、そのうち子供ができてもここで家族で住むつもりやった。それは叶わへんかったけどな。エリオがいなくなった時、わたしのお腹には子供もおったんやけど、その子も生まれてこれずに死んでしもてな、エリオと子供、あっと言う間に二人とも亡くして、ここにいてる理由なんて何にもなくなったのにこうして香港にいついてしもうた――、あんた、大

丈夫か？」

　マダム鶴子に訊かれて、アマリアは自分が小さくふるえてるのに気づいた。この部屋を出ていかなくてはいけないこと、マダム鶴子の思いもよらない悲しい過去、次々と聞かされる話にアマリアの胸は詰まりそうだった。けれど、メイドの自分に、深い事情を打ち明けてくれているマダム鶴子の気持ちをきちんと受け止めたかった。大丈夫デスとしっかり頷いてみせたアマリアを、見定めるように一瞬見つめてから、マダム鶴子はまた話を続けた。

「叔父の会社も、もうとうの昔にたたんでしもてたけど、幸か不幸かわたしひとりなら暮らしていけるほどのお金をエリオが残してくれたこともあったし、何よりわたしはここ――」

　マダム鶴子が部屋をぐるりと見回して、ふぅと息をつく。

「思い出のあるこの場所をよう離れんかった。エリオも子供も亡くしたのに、ここを離れてしもうたら思い出までなくしてしまう気がしてな」

　まだここに五年しか住んでいないアマリアですら、この部屋を離れなければならないと思うとひどく淋しいのに、マダム鶴子の淋しさはきっと例えようもないものだろう。そうか、これが最近マダム鶴子の様子がおかしかった理由だったのかと、アマリアはやっと腑《ふ》に落ちた。

「だからだったんデスネ？」

「何がや？」

「このごろマダム鶴子は心配な顔をよくしてました」

「心配な顔？　確かにここんとこ妙な顔してたかもしれん。けど、マンションのことはな、もうずっと前に言われてわかってたことなんや。わたしが気い揉《も》んでたんは――」

　ふっと言葉を途切れさせたマダム鶴子がアマリアをじっと見た。

「わたしな、京都に帰ろうと思てる」

　アマリアはいきなりガンと頭を殴られたような感じがした。それに思い至らなかった自分はなんて馬鹿なんだろうと情けなかった。

――マダム鶴子が香港を去ってしまうなんて。

　だからなのかとアマリアは思った。今日、こんな風に一緒に湯丸を食べようと言ったのは、この別れの話をするための、マダム鶴子の特別な計らいだったのかと、そう思い至って、アマリアはがくりと身体中の力が抜けるような気がした。

「あんた、なに泣いてんの」

　マダム鶴子にそう言われてアマリアは自分の目からぼろぼろと涙がこぼれているのに気づいた。

「すみません。でもお別れだと思うと悲しくて」

「お別れって何のことや」

一瞬虚を突かれた顔をしたマダム鶴子が、その手をすっとのばして、アマリアの手をぎゅっと握った。あの事故にあいかけた日、病院でアマリアの左腕を握ってたときのように力強く。

「わたしと一緒に京都に来《き》いひんか?」

「京都へ?」

「思いあがりかもしれへんけど、頼んだらあんたは断れへんような気がした。それだけに、また違う国に、わたしみたいな年寄りについて来させて、あんたの人生を振り回すような得手勝手なことをしてええんやろかと——、わたしがここんとこ気い揉んでたんはそのことや」

あまりのことにすぐに言葉も出ないアマリアにマダム鶴子がじっと目をやる。

「あんたが事故に合うたとき、エリオが死んだときのことを思い出した。あの人も事故に合うてな、わたしは何も知らんと家で待ってて、けど、待っても待ってもエリオは帰って来《き》いひんかった。また同じことになるんかもと思うておとろしかった」

そんなわけがあったのかと、アマリアは思った。マダム鶴子がことのほかに帰宅時間に厳しいのはそんな悲しい出来事があったからだったと、マダム鶴子の厳しさの後ろの深い悲しみがアマリアの胸に迫った。

「今まで勤めた子らもな、言うた時間に戻って来《き》いひんことはあった。それに腹は立ったし、気いも揉んだ」

ほんで厳しゅう言いすぎてみんなすぐに辞めてしもたけどなと、マダム鶴子が苦笑いする。けどな――と、マダム鶴子がアマリアの手をいっそうぎゅっと握る。

「けど、あんたのときは格別やった。あんたがいてへんようになったらと思うと、ほんまに生きた心地がせんかったんや。無事でいてくれてよかった。身勝手かもしれへんけど、あんたに、まだもうちょっと、わたしの傍《そば》にいてほしい」

心のこもったマダム鶴子の声音とその手の温《ぬく》もりが真っ直ぐにアマリアに伝わってくる。

「さて――」

マダム鶴子がすっと居住まいを正した。

「こっからはあんたの言葉で言わせてもらお。Quiero que vengas conmigo」

――一緒に来てほしい、とマダム鶴子がスペイン語で言った。その言葉には強い響きがあって、アマリアにひたと据えられたマダム鶴子の瞳からは揺るぎない思いが感じられた。

思いもよらなかったマダム鶴子からの申し出に、驚き、嬉しさ、俄《にわ》かには信じられない気持ちがアマリアの中でぐるぐると渦巻いて、そして、ぴたりと止まって定まった。

「Con mucho gusto」

——喜んで、と声がふるえそうになりながらもアマリアもはっきりと答えた。

「Gracias, soy feliz」

——ありがとう、幸せだわ、と言ったマダム鶴子はあの写真のように本当に幸せそうに笑った。

夜空はきれいに澄み渡っている。マダム鶴子について京都に移ってきて初めての十五夜の日、見上げる月は冴え冴えとしてことのほか美しい。

縁側のテーブルに飾られたススキが夜風に微かにそよいでいる。ススキの横にはミスター・エリオの写真も置かれてる。庭からはチリチリと虫の音《ね》が聞こえる。

「日本式のお月見団子でなくて本当によかったんデスカ？」

アマリアが訊いたのに、

「わたし、これ好きやから。それに香港のことも懐かしいし」

と、もうマダムなんていう他人行儀な呼び方はやめなさい、あんたとはもうメイドとやなくて家族みたいに暮らしたいと言われて、鶴子ママとアマリアが呼び始めたマダム鶴子が、テーブルの上の湯丸が入ったお椀を嬉しそうに手に取る。

香港では今ごろ、きっとまた舞い踊っている火龍を頭に浮かべながら、白く輝く月をアマリアは見上げる。あのとき――、香港へと誘われたときに自分の中をぱっと照らした光り、あれは思い違いではなかったとしみじみと思いながら。

「Luna hermosa」――綺麗な月。

「Eso sí」――本当に。

スペイン語でそんな風に言葉を交わしながら空を見上げる二人に月は澄んだ光を降りそそいでいる。仲良く寄り添う二人の手の中のお椀でも、今宵《こよい》の満月のように白くて丸い団子が二つ仲良く寄り添っていた。

〔第四章〕 キリコと淳平のヴォルカンショコラ

――バヌアツのスイーツ

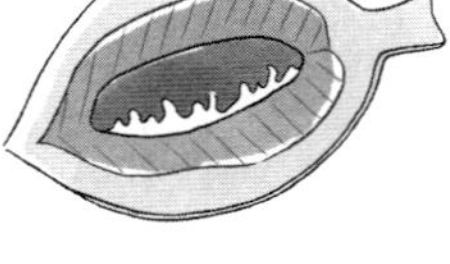

天国に二番目に近い島に住んでみたい——、そう淳平に言われた。

混み合うた居酒屋の中はがやがやとしてるけど、その淳平の言葉が聞き間違いではないのはわかってるし、さしてびっくりもしいひんかった。淳平の唐突さとか、突拍子のなさには慣れっこになってる。びっくりはしいひんけどドキリとした。ずっと探してたもんをとうとう見つけたのかと思うて。

「なんで二番目なん？　どうせやったら一番のとこに行ったらええのに」

大好きな煎り銀杏の殻を剝《む》く手元に目を向けたまま、ほんまに訊きたいことは訊かんと、そんなことをうちは口にする。

「いや、二番目がええなあ。一番やともう上がないやん。二番やとこれから一番になるかもってワクワクする」

「ふうん」

うちは生返事をして、薄皮まで綺麗に向けた銀杏を口に放り込む。

「うちのことは何番目なん？」

「え？」

ぽかんとした顔でうちを見る淳平に繰り返して訊く。

「うちのことは何番目に好きやって訊いてるんやん」

ああ、と笑うた淳平が、

「そら一番や」

とおっとりと笑う。淳平のこういうところが好きやったし、いつもうちを安心させてくれてた。けど、最近はそうでもなくなってきてた。

「じゃぁ、うちとおっても、もうワクワクせえへんってことなんや」

ぶっきらぼうに言うたうちに淳平がまたぽかんとした顔をしたんに、

「一番目にはワクワクせえへんって言うたやん」

と、うちは言いつのってみる。

「どしたん？　そんな、しょうもない揚げ足とって」

斜めになってくばかりのうちの機嫌なんて全然気にしてへんように淳平がのんびりとした声を出す。

「しょうもなくないっ」

言いながら手元にあった銀杏の殻を淳平に投げつけて、

「もう帰る」

と席を立った。

「おーい、キリコ――」

追いかけてきた間延びした淳平の声に振り返ったら、

「気いつけて帰れよー」

と、ニコニコして手を振ってた。

はぁと脱力しながら、うちは駅に向かう。天国に近い島ってどこなんか、そこに住みたいって本気なんか肝心なことは何も訊かれへんかったあかんたれな自分がいやになる。

最近、うちと淳平とはうまくいってない。というか、うちの気持ちがうまくいってへん。

もう淳平とは付き合うて長い。長い間に何べんも別れたりくっついたりした。その大抵は怒ったうちが別れ話を切り出して、しばらくしたら、やっぱり淳平のことが恋しくなって連絡して、そしたら、まるで別れ話なんて無かったみたいに接してくれる淳平とまた元の鞘《さや》に収まる――そんなことの繰り返しやった。

ようは、うちは淳平に惚れてる。淳平も自分のことを同じように好いてくれてると思うてたけど、ほんまにそうやろうかと最近は思う。

うちから声をかければ、いつも手を広げて迎えてくれる。けど、うちがそれを止めてしまえば、淳平はどうするんやろうと思う。淳平のほうからうちのことを迎えには来てくれへんような気がする。迎えに来てくれるどころか、ほっといたら風の吹くまま気の向くままにどこかにふわふわと行ってしまうような気がする。

淳平のそんなところも実は好きやったけど、そんな淳平やからこそ不安にもなる。

特にさっきみたいに自分の行きたいところを見つけた淳平は、もううちのことなんて気にもせんと旅立ってしまいそうで。

うちと淳平はインドで出会うた。

その当時大学生やったうちが付き合うてたんは、バイト先で知り合うた二つ年上のインド人の留学生の彼やった。いつもストレートに感情をぶつけてくる彼と、何もかもにはっきりとした性格のうちはぶつかり合うんかと思いきや、びっくりするほど波長が合うた。人生で最高の、いや、少なくともベスト3には入る恋やと思うた——、のに、その恋の終わりはあっけなかった。

春休みでインドに里帰りするという彼にうちは当然一緒に行くつもりやったのに、やんわりと断られてしもた。ひとりで行ってくると、珍しく目をそらした彼の表情に、胸の中がもやっとしたうちは、よせばええのに彼には内緒でインドに追いかけて行くことにした。

二か月もの長い休みで会われへんのは彼も淋しいはず、最近めっきりはまってるヨガの聖地のインドには前から行ってみたかったし、もともと春休みには旅行に行くつもりやったし——、色々と自分の中で理由を並べてみたけど、それはとどのつまり言い訳で、確かめたかったからやった。なんの不安もなかった彼との恋に感じてる自分のこのもやもやする不安はただの思い過ごしやってことを。こんな気持ちを抱えたまま、じいっと二か月も待つなんてうちの性分では出来ひんかった。内緒にしたんも、びっくりさせて喜ばせようって思う気持ちはもちろんあったけど、やっぱり、追いかけて行くことにしたって言うたら、このもやもやが嫌な形ではっきりしてしまうようなことを彼から言われるんが怖かったこともあった。

きっと大丈夫、きっとこのもやもやを彼が吹き飛ばしてくれるはずと自分に言い聞かせながらインドに着いたうちを迎えたのは困った顔をした彼やった。

キリコのことは本当に好きだけど、僕には実は家族が決めた許嫁《フィアンセ》がいるんだと彼は俯《うつむ》いて、ごめんという言葉で二人の恋を終わりにした。

一か月以上もの予定やったインドへの旅、恋も、彼と一緒に過ごすつもりやった時間も消えてしもた。どないしょうと、とっ散らかった頭の中を見回したら、ヨガの聖地という言葉がふと浮かんできた。インドに来るために自分の中で並べた言い訳のひとつ。それにしょう、ヨガの聖地を訪ねることにしょう、そっちがほんまの目的で彼に会いに来たのはおまけやったと思うことにしょうと、自分に向けてせんでもええ強がりをして、うちはヨガの聖地と呼ばれるリシュケシュに行くことにした。

そして、そこで淳平に出会うた。

「日本人？」

まだ朝焼けの時間のガンジス河のほとりで淳平からいきなり声をかけられた。

頷いたうちの手元を淳平は不思議そうに見た。

「それ――、カレー煎餅？」

面倒くさいなあ、ほっといてほしいと思いながらうちはぶっきらぼうに頷いた。あっちに行ってほしいと思うたけど、淳平には立ち去る気配はなかった。

「何でカレー煎餅をガンジス河に撒いてるのん？」

それは彼の家族へのお土産にと思うて買うてきたカレー煎餅やった。

「成仏してほしいから」

うちも別れたばかりのインド人の彼もカレー煎餅が大好きやった。二人で家で映画を観るときはいつもカレー煎餅がお供で、映画が終わるころにはどちらの指も黄色くなってた。

僕の家族もきっと好きだと思う、食べさせてあげたいって、よう言うてた彼の言葉に、お土産にと思うて阿呆《あほ》みたいにいっぱい持ってきた。

まだまだ自分の中で消化しきれてなくて渦巻いてる彼への恋心を、彼と彼の家族を思うて買うてきたカレー煎餅と一緒にきれいさっぱり成仏させたかった。

ふーんと、気のなさそうな声で答えた淳平やったけど、日に灼《や》けた両手を合わせてじっと目をつむった。

「全部、撒いてしまい。成仏するよう俺も祈ってあげるから」

その言葉に不意に涙がこぼれ出したたんにうちはびっくりした。彼と別れてからまだ涙はこぼしてへんかったのに。

堰《せ》き止められたもんが一気に放たれたみたいに、ぼろぼろと泣きながら残りのカレー煎餅を全部撒いて、朝焼けで金色にきらめく川面をカレー煎餅がゆらゆらと遠ざかってくのを見送った。淳平はそのうちの横で、まだしばらく手を合わせててくれた。

その後、リシュケシュの街で数日間一緒に過ごした淳平と日本で再会して、付き合いだした。

今でもあの朝焼けにキラキラと光るガンジス河を漂ってくカレー煎餅と、手を合わせる淳平の横顔が時々うちの頭に浮かぶ。

「どないしたん?」

馴染みのインド料理屋さん、テーブル越し、小学校からの親友のリコが両の眉毛を下げる。

「倦怠《けんたい》期バリバリや」

淳平の天国に近い島の話はまだリコにも話してない。言おうかどうしようか迷いながらテーブルの上の籠の中の薄くて煎餅みたいに香ばしく焼かれた大好きなパパドを、やけくそ気味にうちはパリポリと平らげてしまう。お代わりぃと合図をしたらポーランド人の店員のモーニャが笑いながら近づいてくる。

「倦怠期っていうより、更年期とちゃうのん」

リコがうちの顔をまじまじと見る。

「更年期って、失礼な。まだそんな歳とちゃうえ」

「ちゃうよ、恋愛の更年期。なんか淳平くんにすぐ苛々《いらいら》するみたいやし、急にかぁっと熱くなって怒るのもホットフラッシュみたいやんか」

恋の更年期――。その言葉を頭の中で反芻するうちには構わずに、グラスの残りのマハラジャビールをぐいっと飲みほして、今度はリコがお代わりぃとモーニャに合図する。見かけによらずリコは滅法お酒に強い。見かけに反して下戸のうちは今日もマンゴラッシーをすすってる。

「更年期ってホルモンのバランスが崩れたらなるっていうやん？　恋愛の更年期も一緒ちゃう？」

「恋愛ホルモンが足りへんってこと？」

「ちゃうやん。バランスが崩れてるってこと」

恋愛ホルモンって何やのそれっ、と吹き出したリコを今度はうちがまじまじと見る。

バランス――、確かに崩れてるかもしれへん。

昔は淳平のことが好きっていう、その気持ちだけに傾いてたと思う。けど、最近は、自分の齢《とし》とか、これからのこととか色んなことを思うと心のはかりはぐらぐら揺れて。それにこんな風に考えてるんはうちだけのような気もする。それがまたうちを苛々させる。淳平はずっと変わってへんのに、うちの気持ちばっかりが淳平のことや二人のこれからのことを思うて重くなってるみたいに感じる。

天国から二番目に近い島に住みたいと言われていっぺんに機嫌が悪うなってしもうたのも、その淳平のプランにうちは含まれてへん感じやからやった。キリコも一緒に行こうと言うてほしいのに、淳平はニコニコ笑うてるだけで。

そうかと言うて、じゃあ、ほんまに、一緒に行こうと言われたら行くのんって訊かれたら、わかれへんうちがいてる。仕事も辞めて住み慣れた街を離れる決心ができるんかって言われても胸の中で思いがもつれて答えられへん。

今までも喧嘩《けんか》、うちが一方的に怒るともいう――、は、しょっちゅうやったけど、その度《たんび》、淳平のあったかな大らかさにすっぽり毛布にくるまるように包み込まれてた。最近は、自分の気持ちをぶつけてもうまいことふわりふわりとかわされて、手ごたえのない暖簾《のれん》を相手にひとりジタバタ怒ってるみたいな気いがする。

「よし、決めた。更年期脱出には新陳代謝。もう古いもんは捨てて新しいのん探す」

「また、そんなこと言うて。そんな気ないくせに」

リコが眉毛を下げる。

「そんな気ありますよ。大あり」

「すぐに強がる。キリコはお酒が飲めそうに見えて飲まれへん、怖いものなしに見えるのに実は怖がり、気が多そうに見えるのにほんまは一途《いちず》――」

付き合いの長いリコの、うちのことを知り尽くした図星の言葉には反応しいひんことにする。

「今度、うちの会社にインドからものすごいデキるシステムエンジニア君が来るんやて。もうそれにしとく」

「それにしとくって、またそんな無茶苦茶言う」

「無茶苦茶ちゃうよ。本気も本気」

「インドの人には懲りたって言うてたやん」

痛いところをつかれて思わずだまったうちに、

「そんなん言うてんと、淳平くんと仲直りしよし」

とリコが珍しくお説教するような口調で言う。

「ソウソウ、仲直りしよしー」

うちのパパドとリコのマハラジャビール、それぞれのお代わりを両手に持ってきたモーニャがどこまで話の内容がわかってるんか、笑いながら合いの手を入れる。

仲直りしよしって、きっと淳平は喧嘩したとも思うてなくて、今ごろ何にも思わんと、のほほんとしてるやろう。うちからしばらく連絡してへんのに気になれへんのやろか。それとも、もうせいせいしたと思うて、すっきりとした顔で旅立つ用意をしてたりして。

考えだしたらまた気持ちが波立ってくる。

それをリコにも見せまいと、焼きたてのパパドをまたうちはパリポリと食べ続けた。

天国に一番近い島と呼ばれているニューカレドニアが遠ざかってく。こうして飛行機の窓から眺める海は今まで見たこともない蒼《あお》く透き通った色をしてた。そこには影とか曇りとか混じりっけとかそういうものが何もなかった。ただただ水晶のように透き通った海がどこまでも続くその様子は、その果てが確かに天国に続いてそうに思える。

目に映るあまりにも現実離れした綺麗な風景に、こうして飛行機の中から眺めている自分も、こんな綺麗な海に囲まれた島のどこかに淳平がいるということも、現実のことでないような、よく出来た夢の中にいるような不思議な感じがする。

もうすぐバヌアツに着く。

ニューカレドニアから飛行機でほんの一時間ほどの場所にあるそのバヌアツという国のことは、淳平に聞かせられるまではその名前どころかそんな国があることすらも知らへんかった。

天国に二番目に近い島に住んでみたいと淳平から言われた日からしばらく連絡を取れへんかったうちが、やっぱりいつものように結局は淳平にメッセージしたら、今、バヌアツにいてると返事が来た。

——バヌアツッ？　どこそれ？

——天国に二番目に近い島。

——ええっ、もう引っ越したん？

——ちゃう。カカオの下見に来た。

——カカオ？　バヌアツで？

——バヌアツに住む友達がここのチョコレート送ってくれて、それがめっちゃピンとくる味やったから来てみた。ええとこやで。

何それっ——とスマホの画面を睨んだけど、文字にはせえへんかった。

何も言わんとそんなどこかわからん遠いとこに行ってしもて、連絡もして来《き》いひんで、しゃくやけどこっちから連絡したのに呑気にええとこやでって、ひとの気も知らんと——、そんな色々のことにうちはまたへそを曲げて、また連絡せえへんまま日が過ぎて、リコにももう別れたと、また宣言したりした。

けど……、気いついたら、淳平からのメッセージがないかどうかを気にしてた。『バ

ヌアッ　カカオ』っていうのもググってみてた。

まだあんまり知られてへんけどバヌアツでは質のよいカカオが生産されてること、活発な火山活動のおかげでミネラルたっぷりな大地の恵みを受けて育ったバヌアツのカカオは個性的な風味があること、ヨーロッパや日本でもそのバヌアツのカカオに魅せられた人らが沢山いてること――、そんなエピソードがスマホの画面に浮かんでた。

バヌアツのカカオに魅せられた人ら、淳平もそのうちの一人になるんやろか。

淳平はショコラティエをしてる。

出会うたインドのリシュケシュの街で、もうそれぞれ街を離れる日になって、俺はショコラティエをしてると聞かされたときはかなりびっくりした。

リシュケシュでのそれまでの数日間はお互いの話はそんなにせえへんかった。

一緒にチャイを飲んだり、ガンジス川のほとりで朝ヨガをしたり、街のそこら中にいてる牛のうんこを代わりばんこのように踏んでしもて笑い転げたり、大ファンのビートルズがヨガの修行をしたというリシュケシュにどうしても来たくなって旅の予定を変えて立ち寄った淳平の、道端で拾った壊れたギターで大ファンというくせにそれしか弾かれへん、しかも調子外れな『Let It Be』を何べんも聞かされたり、そんなことをしてただけで。

日にこんがりと灼けて、伸びた天パの髪を無造作にちょんまげみたいにして、インドで買うたという服がしっくりと身に馴染んだ淳平を、特に決まった仕事も持たず世界中をぶらぶらと気儘《きまま》に旅してまわってるプー太郎のバックパッカーやと勝手に思いこんでたうちは、さぁ、休みも終わるし、また頑張って働こうという淳平の言葉にはびっくりさせられたし、その仕事がショコラティエやというのに更にびっくりした。

細身で色が白くて綺麗な指をして、ちょっと中性的なイケメン——といううちの中のショコラティエのイメージと、日灼けしてがっちりとしたガタイでスイーツを作るより、鉢巻きしてマグロを捌《さば》きそうな雰囲気の淳平とは、あまりにもかけ離れてて。

けど、なんでショコラティエになったん？と訊いたうちに、チョコレート大好きやのに誰もバレンタインにチョコレートくれへんから、もう自分で作ることにしたと、ちょっと隙っ歯の前歯を見せてニッと笑うた淳平は、いかにも淳平らしいなって思うた。

聞けば同じ京都から来たという淳平と再会の約束をしてリシュケシュを離れて、日本に戻ったあとに初めて会うたとき、淳平は自分が働いてるレストランで自分が作ったチョコレートやと言うて、洒落た小さな金のパッケージに入ったチョコレートをくれた。

それは京都では結構格式の高い老舗《しにせ》のホテルのフレンチレストランやということにもびっくりさせられたけど、蓋をあけて中におさまってるチョコレートのつくりのその繊細さにもうちは目を丸うした。ただただ大らかな印象しかない淳平が作ったとは到底思われへんくて。

のんびりと笑うてるだけで自分の話をあんまりせえへん淳平に、うちが弾丸のようにあれこれ訊いて、フランス語どころか英語も片言やったのにフランスにパティシエ修行に行ったこと、何軒もの工房で修業をしたあと、フランスでなんかのお菓子の賞をとって、それから有名なホテルのショコラティエをすることになったこと、パリに旅行に来てた今働いてるホテルの偉いさんがたまたま食べた淳平のチョコレートに惚れこんで、それが日本人、それも京都出身のショコラティエやって知って猛烈に引き抜かれたこと、今のホテルのレストランの仕事に特に不満があるわけやないけど、自分でカカオ豆から選んで自分だけのオリジナルのチョコレートを作って、それを使うたデザートを作りたいという夢も捨てきれへんこと、その夢のために仕事の休みの度《たんび》に色んな国のカカオ農園を訪ねてること、もしここのカカオやというのんが見つかったらそこにしばらくは移り住みたいこと、そんなことを訊き出した。

ベトナム、ネパール、インドネシア、ほうぼう訪ねて、インドでもリシュケシュでうちと出会う前にはインドの南のほうのカカオ農園を訪ねてみたけど、ピンとは来《き》いひんかったらしい。

どんなカカオを探してるのん？って訊いてみたけど、わからへんって、けど、出会うたらきっとわかるはずやからって、淳平はおっとりと笑うた。見つかれへんかったらどうすんのん？って訊いても、見つかれへんなんて思うたことなかったなぁって、またおっとりと笑うた。

揺るぎなく何かを信じてて、焦りとか不安とかが見えへん淳平のことがうちは眩しかった。その追い求めるもんが見つかってほしいという気持ちもあったけど、もし見つかったらこの人はどっかに行ってしまうんやと、いやに淋しい気持ちになったんに、淳平に恋してる自分に気いついたんやった。

淳平がバヌアツに行ったんはカカオのためやってわかったけど、うちとのことをどうしたいんかは全然わかれへんかった。

もし淳平がほんまにバヌアツに住むことになったら――、遠距離恋愛？　別れる？　それとも、うちがリコに別れたって宣言したみたいに淳平ももうとっくに別れたって思うてて、もうすっきりしてバヌアツで過ごしてる？

その答えはやっぱり知りたかった。

けど、またうちから連絡すんのはしゃくで、もうしばらく淳平からの連絡を待ってみたけど、やっぱりうんともすんとも言うて来《き》いひんのにしびれを切らして、やっぱりまた連絡したんはうちやった。

どんなメッセージを送ろうかとうろうろと迷うた挙句、どないしてるん?と、やっと送ったうちのメッセージに、元気やでと、淳平はメッセージやなくてスタンプで返してきた。そのあっさりとした呑気さに、ほんまにもうとまたモヤモヤとしてしまう。

——ちょっとちゃんと話をしたいんやけど。

——うん、ええよ。どした?

どしたと言われてもすぐに返事が返されへん。訊きたいことが多すぎて。

——夢のカカオはどんな感じ?

——めっちゃええ感じ。

ということはほんまにバヌアツに行ってしまうんやと、かくんと力が抜ける。

——日本にはいつ戻るん?

——まだ決めてへん。年明けかな。

その淳平の返事に、またいっそうかくんと力が抜ける。

これまで、喧嘩したり、しばらく会えへんようになったりしても、年越しはいつも一緒にしてた。新しい年が始まる瞬間には一緒にいたい——、初めて一緒に年越しをしたとき、うちが口にしたそんなお願いを淳平は生真面目に守ってくれてた。

色んなことにやきもきしたり、不安になりながらも、年末には淳平は帰ってきてくれてお正月休みは一緒に過ごせるって、なんでかうちは思うてた。今度こそは別れたって、リコにもそんなことを言うてたくせに、しばらくしたらまた元どおりって、今まで何べんもあったことって、心のどこかでそう思うてた。

——キリコがこっち来《き》いひんか？　バヌアツで一緒に年越ししょう。

足元が崩れてくような気分になってたとこに、淳平がそんな風に続けて打ってきて、うちはほろっときてしもた。

悔しいけどうちはやっぱり淳平に惚れてる。

——わかった。考えとく。

不覚にもほろっとしてしもた気持ちなんて見せもせず、意地っ張りのうちはそんな風に返事して、けど、その次の日にはもうバヌアツ行きの手配をし始めてた。急に言われても困るやんとか、正月休みに有給くっつけるなんて大顰蹙《だいひんしゅく》やのにとか、意地っ張りの文句みたいな独り言で嬉しい気持ちを隠しながら。

バヌアツがゆっくりと近づいてくる。真っ白な砂浜、その周りを囲む珊瑚礁《さんごしょう》と、そのまた周りに広がる深い深い蒼色の海、島に生い茂っている木々はここまでその匂いがしてきそうな濃い緑色をしてる。

天国に一番近い島といわれるニューカレドニアの隣りにあるから天国に二番目に近いといわれてるらしいけど、誰がその順番を決めたんやろうと思う。ここもまた天国に果てしなく近い、地上の楽園のようにうちの目には映る。

これが旅行に来たのなら、その窓から見える風景にきっとうちは思い切り浮かれてたやろう。確かに旅行に来たのには違いないけど、そこに住むことになりそうな淳平のことを思うと、うちの気持ちは浮かれきれへん。

飛行機が高度を下げ始めた。空港が見えてきた。耳の奥がちょっとふさがれたように感じる。

インドにも男の人を追いかけてって、今度はまたバヌアツに淳平を追いかけてってる。はるばる追いかけてったのにアカンようになってしもたインドへの旅のことを思うたら、また辛いことを繰り返すことになるのかもと胸がきゅっと詰まる。

うちと淳平、それぞれの性格や人生観を思うたら、きっとずっとは一緒にいられへん人なんかもしれへんと、悲しい予感はずっとしてた。それでもこうして来てしまう。色んなことが圧倒的にわかってはいても、ほんのちょぴっとのもしかしてを、恋というもんは切り捨てさせてはくれへん。

ドンと足元に鈍い衝撃が伝わり、ゴォーというエンジン音が機内に響く。思わず両手でぎゅっとひじ掛けを摑《つか》む。

着いてしもた。うちと離れて淳平が住むことになるかもしれへん場所に。

「キリコ？」

　空港から出たところで、名前を呼ばれた。

「わたし、ピア。ジュンペーちょっと忙しいから迎えに来た」

　言いながら手を差し出されて、戸惑いながら握手する。乾いた日なたのような感触。初めて会う見知らぬ女《ひと》がジュンペーと軽く呼び捨てにするのに心がざわざわする。

　ピアと名乗ったその人は、少年みたいに短い髪をして、よう日に灼けて化粧っ気はないけど、思わずはっとするような綺麗な顔立ちをしてて、うちに向ける目はバヌアツの海のように澄んだ青い色をしてる。

　エキゾチックな顔立ちにちょっと訛《なま》りのある日本語。

「ピア？　どこの国の人？」

「どこの国？　パパは日本人でママはフランス人、でも、おじいちゃんとか、ひいおばあちゃんとか、色んな国が混じってるから色々人。ん？　イロイロジン？　それなんだ？」

　自分で言うた言葉に自分でつっこんだピアがほっぺたに指を当てて首をかしげる。その仕草は思いがけず幼くて年齢が読まれへん。

「淳平はどこ？」

「家でキリコを待ってるよ」

家って誰の家？　淳平の家？　だいたいあなたは誰で、淳平とはどんな関係？　もしかしてバヌアツのチョコレートを淳平に送ったんはあなた？

訊きたいことがありすぎた。けどそんなことを知るはずもないピアは、車をまわしてくるからここで待っててと言うて、きびきびとした足取りで駐車場へと歩いてく。その後ろ姿をしばらく見送ってから淳平にメッセージしてみる。

――着いたけど。

からりと晴れた青い空と、光の反射で見えにくいスマホの画面を代わる代わる見ながら待ってみるけど、既読にもならへん。

どうしよう、電話してみようかなと思うたとこに、泥だらけのジープが横づけされた。運転席からさっと下りてきたピアがうちの荷物を車に積み込んだ。さあ、乗ってと、くいっと顎でうながされて、助手席のドアをあけてうちは面食らった。

緑色でイボイボで西瓜《すいか》ぐらいの大きさの見たこともない果物がゴロンと助手席の上に置かれていた。

「あ、ごめん、どける」

重そうなその果物をピアが両手で持ち上げてボールを投げるみたいにリアシートに無造作に放り込んだら、ごんと鈍い音がした。

「大丈夫？」

「何が？」

「果物。壊れへん？」

「大丈夫。コワレヘン」

うちの言葉のイントネーションを真似て答えたピアがアハハと笑う。

「食べたことある？　ブレッドフルーツ」

この果物はそういう名前なのかと思いながらうちは首を振る。

「じゃあ食べてみなきゃね」

ピアの言葉にうちは曖昧に頷く。普段は新しい食べもんは何でも試してみたいほうやけど、突然現れたピアへの戸惑いのせいで気乗りがしいひん。

空港から十分も走れへん間に、もうバヌアツの街が見えてきた。

「まぶしい」

ピアがパタリと運転席のサンバイザーを下ろす。

「ずっと曇りだったからサングラス置いてきた。キリコが来たから晴れた」

眩しそうに目はしかめてるけどそう言うピアの口はおかしそうに笑うてる。

「ジュンペーから聞いた。キリコは晴れる女だって」

「晴れ女」

「え？」

「晴れる女やなくて、晴れ女」

うちが晴れ女やなんてこともピアが知ってることに微妙な気持ちになる。自分の頭の中で測りかねてたピアと淳平の間の距離がぐっと縮んで、さっきまで訊こうと思うてたことが口から出て来《き》いひん。嫌な答えを訊くんがこわくて。うちらしくない物怖じ。

「晴れる女じゃなくて、晴れ女」

確かめるようにピアが繰り返す。それに浅く頷いただけで、うちは口をつぐんだ。

カーラジオから流れる歌に合わせて低い声で鼻歌を歌うピアが、あれはマーケット、あれは教会と、時々指さすのに頷くぐらいで、うちはただ窓の外の景色に目をやってた。目立って高い建もんがないから街に入ってもフロントガラス越しの空は広い。そして青い。けど、晴れ女の心の中はぜんぜん晴れてへんかった。


バヌアツの街を抜けてさらに十分ほど走ったところにその家はあった。

ごつごつとした石を積んで作られた塀に囲まれた低い茅葺《かやぶき》屋根の家は壁が薄いブルーに塗られてて、家の周りには濃い緑色の木が何本も生い茂ってた。枝からぶら下がるその実でバナナの木といううんがわかった。

南国の暮らしそのもののような、うちにとっては非日常な風景が、淳平にとっては日常なんかと、そんなことを思う。

「さぁ、入って」

ピアにうながされて家に入って思わず、わぁとかすれた声が漏れた。

リビングの大きく開け放たれたガラス戸の向こうに、真っ青な海が見下ろせた。家の前に立ったときには海がそんなに近いとは思わへんかったのに。

「びっくりした？　初めてのゲストを連れてくるときは海岸線を通らずに来ることにしてるんだ」

ふふふと、ピアが悪戯っぽく笑う。

「ジュンペーは外」

車から持ってきたブレッドフルーツを両手で抱えたピアが、顎でガラス戸のほうを示したあと、リビングに続いたオープンキッチンのほうにスタスタと歩いていく。そのすっかり勝手を知った様子に、当たってほしくなかった自分の悲しい予感が正しかったんかと気持ちが落ちる。

ピアの後ろ姿を見ながら少し躊躇《ちゅうちょ》したあと、うちはゆっくりとガラス戸に近づいて外を覗いた。海を見下ろす裏庭に淳平がいるのが見えた。頭にタオルを巻いて、カラフルな花柄のピクニックシートの上に座りこんで何かしてる。

「淳平」

うちの声に振り向いた淳平は真っ赤にほてった顔をしてて、額の汗をぐいっとタオルで拭いながらニッと笑うた。

「おう、キリコ」

会うんが久しぶりなんも、ここがバヌアツなんも感じさせへん、いつも京都で待ち合わせしてたときと同じような淳平の声音。淳平らしくてちょっとほっとして、会うたらなんて言うたろうと気負ってた力が抜ける。

「腹空いてへんか?」

ほんで最初の言葉がそれなんやって思うけど、言われたら確かにちょっとお腹が空いてる。

「空いてる」

「ステーキ焼いた。バヌアツビーフ、かなりいけるで」

淳平が指さす先、裏庭のテラスに置かれたテーブルの上には、ほかほかと湯気を立てるかなりの量のカットステーキがのった大皿がのせられてる。

「それ先食べとき。今、デザート仕込んでるから」

そう言われたけど、ステーキののったテーブルと淳平を一瞬見比べてから、うちは淳平が目を戻した手元を覗き込みに行く。

「デザート?」

「うん。ラップラップっていうてな、バヌアツのソウルフードや」

とくんと胸がなる。ソウルフードという言葉に、淳平のバヌアツへの愛着の響きが感じられて。

「ラップラップ――、なんかかいらしい名前」

そうやろ?と、淳平がニッコリとする。

「これが材料なん?」

淳平の手元のボウルには、皮を剝かれた細長い野菜か果物かわからんもんが水に浸されてる。

「キャッサバ。お芋さんや」

芋にしてはかなり細長いそのキャッサバを、バヌアツ式のおろし金なんやろう、細長いかねの道具を使うて淳平がガリガリとおろす。

「キリコの好きなタピオカもキャッサバで作るんやで」

そんなことを言いながら淳平は手慣れた様子でどんどんキャッサバをすり下ろす。

「まあ、こんなとこかな。次はココナッツや」

よいしょっと立ち上がった淳平がそばに置いてたココナッツの実を、まな板の先に歯車がついたような道具でごりごりと削りだした。これまた手慣れた手つきでココナッツの果肉がどんどんリズミカルに削られてく。

うちの知ってるいつもの淳平やと思うたけどちゃうかったみたい。まだバヌアツに来て一か月ほどのはずやのに、すっかりここでの生活に馴染んでる風の淳平は、もううちの知らん淳平になってきてるみたいで淋しうなる。

「ここまで出来たら、もうちょっとやで」

ふわふわと小さなフレーク状に削られたココナッツを、淳平がさらしのような布で包んで両手でぎゅうぎゅうと絞る。布の先から白いココナッツミルクがしたたって、甘ったるいココナッツの香りが広がる。その絞りたてのココナッツミルクをすりおろしたキャッサバに入れてよく混ぜる。

こうして料理をしてるときの淳平の動きはいつものののんびりとした様子が嘘のようにキビキビと手際がよくて、そのギャップにうちは見とれてしまう。

「あとはこれをバナナの葉で包んで蒸し焼きにすんねん」

もてあましそうな大きなバナナの葉っぱが淳平にひょいひょいと器用に折り畳まれて、キャッサバとココナッツを混ぜて作られたラップラップのタネが綺麗に包まれていく。

「バヌアツの人はな、この中に一緒に鶏肉を入れたり、魚を入れたり、あ、蝙蝠《こうもり》も入れたりするらしいで」

「へっ、蝙蝠っ？　美味しいんかな？」

うちの言葉に淳平が嬉しそうに笑う。

「さすがキリコ。蝙蝠って聞いたらひく人間のほうが多いと思うけど」

好奇心が人一倍でとりあえず何でも試してみたいうちは、いわゆるゲテモノと言われるもんを口にするのも物怖じせえへん。うちのそういうとこに一瞬ひく人も少なくないけど、淳平はひくどころか、こんな風にさすがって言うて笑うてくれる。食べることが好きな人間が一緒にいて楽しいって、そんな風にもいつも言うてくれてた。

「さあ、できた。後はかまどにほりこむだけや」

庭の隅のレンガを積んで作られたかまどの中には、石がいくつもくべてある。

「さっき、肉焼いたあとに石焼いといたんや」

軍手をはめた淳平が石を取り出して、まだ火がいぶってる炭の上に作ったばっかりの葉っぱの小包みみたいなラップラップの包みを置く。

「一時間くらいかな」

淳平がまたひとつひとつ石をかまどに戻して、ラップラップの包みの上を石ですっかりおおってしまう。

「ほんで仕上げにチョコレートソースかけたらほんまに出来上がりや」

淳平がニッと笑う。

「チョコレートソース？」

「うん。作ってみた。とりあえずこの土地のチョコレートで。こっちの人はチョコレートソースなんてかけへんみたいやけどな」

「ふーん、それって友達が送ってくれたっていうチョコレート」

「うん、そう」

「へー」

軽く頷きながらもほんまのとこは、うちはちょっと動揺してた。淳平をここまで来させたチョコレート。それがどんなもんなんかはもちろんすごく気になってたけど、食べるんもこわい気がした。

「ほな、ステーキ食べよ。おおーい、ピア。飯食おう」

——久しぶりの一緒の食事やから二人だけかと思うたらピアも一緒か。色々話したいことだらけやのに。

がっかりしながら、家の中から姿を見せたピアと三人でテラスのテーブルにつく。

テーブルの上にはカットステーキがのせられたお皿と一緒に、大きなボウルに入った玉ねぎとキャベツのサラダと、サワードウブレッドが入った籠が並んでる。見慣れた感じのそのどちらもが淳平のお手製に違いないけど、サラダには南国らしく鮮やかな色のマンゴが入ってる。

「キリコもワイン飲む?」

自分のグラスにワインを注ぎながらピアに訊かれた。

わたしはアルコール飲めないからと、うちが答えるより先に
「あ、キリコ、お酒飲めなかったね、残念」

と、ピアに肩をすくめられてモヤッとする。

淳平はどんだけ色んなことをピアに話したんやろう。ピアはうちのことや、うちと淳平のこと、それに淳平のこともいっぱい知ってそうやのに、うちはピアのことも、ピアと淳平のことも何も知らへん。

「いや、ワインもらう」

意地をはってしもた。淳平が目を丸うする。

「飲まれへんやろ？」

「いや、飲める。淳平がおらんようになってから飲めるようになった」

意地を張るどころかそんな嘘までついて、うちはぐいと空のグラスをピアに差し出す。

「That's cool」

ピアがニッコリとしながらグラスにワインを注《つ》いでくれる。

じゃあ、乾杯、バヌアツにようこそと、淳平が音頭を取ったんにグラスを合わせるうちを見て、淳平とピアの二人が目配せをする。大丈夫かなと会話するように交わす

その二人の視線にカチンときて、うちはぐいっとワインを飲んだ。

「大丈夫かいな、そんな一気に飲んで」

淳平が眉を寄せる。

「大丈夫。全然大丈夫」

ほらね、と言いながらまたもう一口ぐびっと飲んだ。途端、眉間のあたりがぼうっと熱うなってきたと思うたら、うちの中で何かがパチンと弾《はじ》けた。

「ほんで？」

弾けた勢いで、うちは淳平とピアを交互に見る。

「ほんで？」

オウム返しに答えた淳平がきょとんとする。

「ほんで、ピアと淳平はどうなってるのん？」

「キリコ、もう酔うたんか」

「酔うてなんかない」

「けど、目が据わってきてんで」

「目がすわる？　何言うてんのん。座ってるんはおいど。目は座ったりしません」

と言いながら、眉間から頭のほうに熱いもんが上がってくるんがわかる。

「うちの目が座っててても立っててても、そんなんどうでもええのよ。淳平にバヌアツのチョコレートを送ったんはピア？」

「うん、そうだけど」

うちに指をさされたピアがきょとんとする。

ピアの返事がうちの頭にぐわんと響く。さらに酔いがまわった気がする。

「やっぱり、そうなんやね、お二人さんはそういうことか」

お二人さんと言いながら、今度は淳平とピアを交互に指す自分の指がふわふわとしてる。淳平とピアが顔を見合わせて同じタイミングでぷっと吹き出す。嬉し気で親し気なその空気。

「もうええよ、わかったよ。お二人さんは仲良しで、ほんでこの家で一緒に住んでる――、そういうこと？」

「うん、そう」

ピアがあっさりと答えた。

ほんまのとこは否定の言葉を密かに期待してたうちは、ピアのその返事に頭の中が真っ白になって、その次は目の前が真っ暗になった。

聞き慣れたメロディが遠くのほうで聞こえる。これは――、『Let It Be』。

目を開けたけど、暗がりの中、見覚えのない天井。ここは？――、ガバッと起きかけたら頭がガンと殴られたように痛む。いたっとオデコを押さえながらゆっくり身を起こしたらガラス戸越しにギターを抱える淳平が見えた。

——あぁ、バヌアツに来たんやった。

まだ見慣れないうす暗いリビングのソファからそろそろと身を起こして、ガラス戸から裏庭に出る。

「おお、起きたんか。おはようさん」

うちに気づいてニッと笑うた淳平の隣に腰をおろす。少しだけ距離を置いて。

「うち、どうなったん？」

「覚えてへんのん？」

淳平がカラカラと笑う。

「あんまり——」

「ワイン、一杯飲み終わらんうちに目え回してしもたんや。長旅で疲れたとこに空きっ腹で飲めもせん酒飲んだら、そらああなるやろ」

あほやなぁと、淳平が手をのばしてうちの頭をポンポンとする。いつもの淳平のあやし方に、うちもいつものようにその肩についもたれかけて、とどまる。思い出してきてた。ピアが、うん、そうってあっさりと答えたときのことを。

ぐらつく気持ちを誤魔化そうと淳平から目をそらして空を仰いで息を呑んだ。隙間のないほどの満天の星がきらめいてる。

「すごい」

思わずため息まじりの声が出る。

「キリコはすごいな。夜も晴れ女やな。最近はずっと曇ってて、こんなに綺麗に星が見えたんは久しぶりや」

一緒に見上げる淳平が満足そうに頷く。

「腹空いてるやろ？　肉、チンして来よか？」

「いや、いらん。うち——、チョコレートが食べたい」

「チョコレート？」

「うん、バヌアツのチョコレート」

淳平をこんな遠いところまで呼び寄せたそれはどんな味がするんか、やっぱり知りたかった。

オッケと軽い返事をして淳平は家の中へと入ってく。いつもどおりののんびりとした淳平の後ろ姿をしばらく見送ってから、うちはテラスの椅子に腰かける。海に向かう陸風は思いのほかヒンヤリとしてる。

降り落ちてくるような満天の星の下、夜の海がまどろむように横たわってる。穏やかにうねるその波は夜の帳《とばり》を映したように深い色で昼の海にはない濃密な気配がある。

星空と夜の海とそれを眺めてる自分。さっきまで眠ってたせいもあるんか、夢の続きの中にいてるような、現《うつつ》のことではないみたいに思える。

「ほら」

いつの間にか淳平が戻ってきてた。差し出された手にのせられたチョコレートを、そっと口に含む。途端、口の中に広がった強い味に目を覚まされた感じがした。深みのある苦みとほのかな塩気、そして何よりその燻《いぶ》されたような風味。

「火山の味がするやろ」

うちが噛《か》みしめるようにチョコレートを味わうんに、淳平が嬉しそうに言う。

「火山なんて食べたことないからわからへん」

憎まれ口を叩いてみたけど、実は胸がきゅっと痛んでた。火山の味なんてわかれへんけど、このどこか野性的で力強い味のチョコレートは、いかにも淳平を惹きつけそうやというのはわかった。わかった途端泣けてきた。

きっともう淳平は戻って来《き》いひん。ここにいてる淳平が見える。この火山の味がするチョコレートのあるバヌアツでピアと一緒に。

涙がこぼれへんようにと空を仰ぐ。満天の星がぼやけて目の前がハレーションになる。

「キリコ」

不意に名前を呼ばれたと思うたら、淳平の腕の中にすっぽりと包まれてた。

「ごめんな」

耳に落ちてきた淳平の声と、ザプンという波音が混ざる。うちは淳平の胸を思いっきり押し返した。

「キリコ」

戸惑うた顔の淳平の目には悲しい色が浮かんでる。またザプンと音がする。

それはうちの心が波立ってる音やった。目の前の夜の海はもう静かに眠ってる。

「キリコ」

繰り返してまたうちを呼ぶ淳平の声と心の中の波の音、どっちにも今にも足をすくわれてさらわれそうで、うちは両手でぎゅっと自分を抱いた。


目が覚めて見覚えのない天井に、またどこにいてるかわからへんかった。ゆっくりと首をめぐらす。窓のガラス越し、うすいピンクに染まった空が朝焼けなんか夕焼けなんかも一瞬わからへん。

ベッドの横のソファの上では淳平がブランケットにくるまって眠ってた。その寝顔をしみじみと眺める。

好き放題に伸びてるぐりぐりの天パの髪の毛とか、ちいちゃい時には鼻くそついてるってようからかわれてイヤやったらしい鼻の下のプクッとしたほくろとか、すーすーと寝息をもらしてるちょっと開いた口からのぞく空きっ歯の前歯とか、すぐそこで眠ってる淳平は、ずっと見慣れたままの淳平に見えるけど、その心の中は、うちと一緒におった淳平とはきっともう違う。

一緒の部屋に寝てんのにこんな風に離れて眠ったんは初めてかも――、そう思うとまたじんわり泣けそうになったとこに、淳平がもぞもぞと目を覚ます気配があった。うちが慌てて目をつむる寸前、一瞬、目が合うてしもうた気がしたけど、そのまま寝たふりをする。

ギィとソファがきしむ音がした。起き上がった淳平がこちらに近づいてくる気配がした。けど、それだけで。声をかけてくるわけでも、触れてくるわけでもなく、ただうちのことを見てるような淳平の気配に、うちはじっと目をつむり続けて、そのまままた眠ってしもた。

ちょいちょいと、ほっぺたをつつかれたような気がしたんに目を覚ました。目の前にピンク色の鼻があった。

え?と、起き上がったら、それはすごい勢いでぴゅんと逃げてった。長いしっぽの残像だけを残して。

――にゃんこ？　昨日は見かけへんかったけど。

身を起こしてコキコキと首をならす。もうすっかり明るくて、窓から見える海にはキラキラと光りがはねてる。

部屋の中には淳平の姿はなくて、ソファの上のブランケットが淳平の抜け殻みたいな形で残されてた。

部屋を出てリビングに行くと、ピアがいた。あんまり顔を合わしたなかった。

「おはよう、キリコ」

リビングに入ろうかどうしようかと躊躇して、ぎこちなく立ち止まるうちに、ピアが屈託のない声をかけてくる。リビングには淳平も、さっき見かけた気がする猫もいてへんかった。

「淳平はカカオファームに行った」

あたりを見回すうちの視線にピアがそう言う。ほっとしたような、がっかりしたような。

「この家、猫がいてる？」

ピアが目を丸くする。

「え？　ティミ？　見たの？　超シャイだから、わたし以外にはめったに姿を見せないんだよ。淳平なんてまだ一度も見たことなくて、ティミがこの家に住んでること信じないんだから」

姿というても鼻のドアップを見ただけやけど、大の猫好きのうちは、この家に猫がいると聞いてちょっと嬉しくなる。あらためて周りを見渡すけど姿は見えへん。

淳平にはティミを見たこと内緒にしておいたほうがいいよ、うらやましがるからと、ピアは悪戯っぽく笑いながら、広々としたオープンキッチンのカウンターのミキサーにピアがぽいぽいと無造作にマンゴをほりこむ。

「マンゴースムージー、飲むよね」

ピアの言葉に喉がごくりとなる。マンゴは大好きやし、それに二日酔いの朝には無性にジュースを飲みたくなるって聞いたことあるし、けど、

「いや、いらへん」

そんな風にうちは返事してしまう。

「え、なんで？　マンゴ好きだよね」

言われてまたもやっとする。確かにうちは、いつも行くインド料理屋さんではマンゴラッシーばっかり飲んでるマンゴー好きやけど、そんなことまで何でもかんでもピアに気を許して、嬉しそうに話す淳平が頭に浮かんでしもて。

「うん、好きやけど――」

もごもごと言いながらうちは家の外、テラスへと逃げた。

いっぺん喉の渇きに気いついたら何かを飲みたくてしょうがなくなった。けど、また家の中に入ったらピアがいてるし。仕方なく、うちはとりあえずテラスの椅子に腰かけて、気を紛らわそうと海に目をやる。

圧倒的な海やなと思う。おでこに手をかざして目をこらしてみるけど、ただただ透明な水平線が広がってる。

京都の街中の海の無いところで育って、出かけた先でたまに目にする海にはいつも心躍らされたけど、こんな風に地球の丸さがわかるような水平線は見たことがなかった。今日もええお天気で日差しは強いけど、ちょっと強めの海風が心地よく暑さを感じへん。それでも喉の渇きをもう我慢しきれんで、しぶしぶ家に入ろうとしたところにトレイを抱えたピアが出てきた。

「淳平がキリコが起きたら食べさせてって」

ピアが運んできたトレイにはステーキサンドにされた昨日の晩のバヌアツビーフと、サラダ、そしてチョコレートソースが添えられたラップラップがのせられてた。

見た途端、お腹のほうがぐーと反応した。思うたら昨日バヌアツに着いてからほとんど何も食べてへん。もうやせ我慢はできへんかった。

よう冷えた水をごくごくと一気に飲み干して、いただきますと手を合わせたとき淳平の顔が浮かんだ。

それを頭から追い払うようにパクリとステーキサンドに思いきりかぶりついて、うちは目をみはる。炭火で焼かれたバヌアツビーフは赤身やのにしっとりと柔らこうて、ひと晩おいた後でもびっくりするほど美味しかった。食べ慣れたキャベツと玉ねぎのサラダも、いつもとは違うマンゴが入ってて目新しい美味しさになってる。

「ほんとに美味しそうに食べるね」

パクパクとあっと言う間に平らげてくうちを、テーブルの向かいに座ってマンゴスムージーを飲みながら見てたピアが感心したように言うのに、うちは肩をすくめてみせる。だって美味しいもんという、ちょっと険のある言葉を口にするのはかろうじて我慢する。

ピアは何にも悪うないんはわかってる。感じようにも接してくれてる。けど、それがまたしゃくにさわる。感じがようても、淳平を取られたことに変わりはない。いや、いっそ感じが悪かったら、こっちももっとブリブリ怒れるのにと、そんなことを思う。

残りはラップラップだけになった。

一見、スイートポテトみたいに見えるそのデザートには蒸すときに包まれたバナナの葉の筋がくっきりとついてて、自然がつけたその模様が美しい。

まずはチョコレートソースをかけんとそのまま食べてみて、悔しいことに自然に顔がほころんでしまう。スイートポテトよりも、もっとしっとりとして柔らかいプリンのような口当たりと一緒に優しいココナッツの風味が口の中に広がる。その見た目と同じ、素朴で優しい味。

　今度は添えられてたチョコレートソースをスプンでちょっとだけすくってみる。バヌアツのチョコレートで淳平が作ったというチョコレートソース。おそるおそる口に運ぶ。

　あぁと思う。あぁ、こんなに深い味わいのチョコレートソースができてしまうなら、何も言われへんって。

　昨日の晩、火山みたいな味と淳平がたとえた野性的で荒々しささえ感じたチョコレートが、なめらかで艶やかなソースになってた。口に含んだら最初に広がる燻されたような香ばしいほろ苦さを、まったりと濃いカカオの味わいが追いかけるようにして口の中で溶け合って、なんとも艶っぽい味わいが生まれてた。

　思わず目をつむる。淳平の顔が浮かぶ。

　淳平のチョコレートへの思いが溢れてるようなそのチョコレートソースの味わいが口の中から消えてくのを惜しみながら、今度はラップラップにチョコレートソースをかける。またひと口、おずおずと口に運んで、また、あぁと思う。

　チョコレートソースのカカオの力強い野性味と、ラップラップのココナッツの優しい野性味、バヌアツで育った野生の味同士が混じり合いながらもお互いを引き立てあってる。

「淳平は幸せだね。そんなに大事そうに食べてもらって」

ひと口ひと口をしみじみ味わうようにしてラップラップを食べてるうちに、ピアが感心した声を出す。

「そのデザートなんていう名前をつけたらいいと思う？」

肘をついたピアが身を乗り出すようにして訊いてくる。

「デザートの名前？」

「うん、淳平はキリコに食べてもらって名前つけてもらいたいって言ってた」

ピアのその言葉の意味がうちの頭にはすんなりと入って来《き》いひん。顔がこわばるのが自分でもわかる。スプンをかちゃりと置いて、ピアを強い目で見た。

「そんなんピアがつけたらええやん」

「わたしが？」

今日の海のように澄んで青いピアの目がキョトンとした。

と、家の中から、Bonjourと声がして、振り向いたら、ひとりの女の人がテラスに出てきてた。チョコレート色の肌のすらりとしなやかな身体つきをした綺麗な人。

「Ma chérie」

ピアのそばにゆったりと歩いて来たその女《ひと》が、ピアの首に長い手を絡めるようにして、ピアの唇にキスをした。今度はうちの目がキョトンとする番。

Ma chérie ——愛しい人、フランス語なんてほとんど知らんけど、その意味は知ってた。

「わたしのパートナーのクロエだよ」

そう言うて、絡められた手に自分の首をあずけたままでピアがニッコリしたんに、クロエも真っ白な歯を見せて笑うた。


辺りはまだ夜の帳に包まれて、頭の上では満天の星がまたたいてる。ヘルメットのヘッドライドの光が歩くリズムに合わせて足元で揺れる。

ドオーンという大きな爆発音と一緒にした地響きが、身体にブルブルと伝わる。風が強くて冷えるからと言われて着て来たウインドブレーカーの襟の辺りを、うちは思わず両手でぎゅっと摑む。

「さすがにここまで来たら音も迫力満点やな」

後ろを歩く淳平がワクワクした声を出す。

バヌアツには世界で一番火口に近づけるんで有名な火山がある。そこで初日の出を一緒に見に行こうと淳平に言われた。

ピアと淳平とのことがうちの完全な早とちりとわかってからのバヌアツでの時間は

急に楽しなった。

ピアとクロエと淳平の三人、それに何でか、うちが眠ってるときにこっそりちょっかいをかけにくる猫のティミが住む家には、それぞれが全然別々の個性やのに、調和のとれた音楽が奏でられてるような心地の良さがあった。それに、海と緑、豊かな自然に囲まれて、大らかで時間というものに囚われないゆったりとした暮らしぶりをしているバヌアツの人達を見てたら、うちの心の中の色んなトゲも丸うなっていくような気いもした。

けど、もやもやは無くなってへんかった。淳平は京都で一緒にいてたときと同じ大らかな優しさを見せてくれたけど、そこにはいつもうちを温《あった》めてくれた、うちへの恋の温度が無い気がした。

相変わらず淳平は夜はソファで離れて寝るし、あの最初の晩のいきなりのハグのあとは微妙にいつも距離を置かれて、身体も心も触れそうで触れへんとこにいてる感じがした。

もうすぐ、この火山のてっぺん、火口のそばで、淳平に何かを言われる予感がしてた。ええ予感ではなかった。しかも、ここの火口の周りでは、ほんのすぐそばまで近寄れるとあって、噴き出した溶岩に当たって大怪我をする人はもちろん、死んだ人もいるという。ええ予感がせえへん、しかも死ぬかもしれへんようなところに、怖がりのうちがそれでもこうして来たんは、淳平とのことをはっきりさせたかったからやった。

ひと足ごとに風と爆発の音、それに硫黄の匂いがどんどん強うなってくる。心を決めて来たとはいえ、こわい気持ちと、もう一緒に年越しをするんはこれで最後かもと思う気持ちで、足が重うなる。

「もうすぐや」

もうちょっとで立ち止まりそうになってたうちに淳平が並ぶ。

「行きたくない。こわい」

胸の中でせりあがってた気持ちが口からこぼれた。

「出た。怖がりキリコ」

と淳平が茶化すように言うたんに、自分の中で気持ちがこれ以上あふれんようにって、ギュッとくくってた紐のようなもんがぷつんと切れた。

「怖いよっ。そんなんめっちゃ怖いに決まってるやん。火山もっ。うちと淳平が終わってしまうんもっ」

叫ぶみたいなうちの声に重ねて、ドドドーッと地面の底から突き上げるような一段と大きな音と地響きがした。思わず首をすくめるうちを淳平がじっと見るけど、淳平のおでこのヘッドライトが眩しくてその表情が見えへん。うちの言葉がどれくらいその耳に届いたかわからへん。

「行くで」

怒ったような声と一緒に乱暴に手を摑まれた。触れられた指先から淳平の体温が電気みたいにうちの胸まで伝わってくる。思わずひっこめようとした手をしっかり捉えられて、そのまま手を引かれて登って間もなく、ついにうちと淳平は火口をすぐ間近に覗き込む場所に立ってた。

大きく息を呑んだ。

すぐ目の前に途方もなく大きな地球の裂け目が広がってた。世界で一番火口に近づけるとは聞いていたけどこんなに間近とは思ってへんかった。火口の底では赤い溶岩がぐらぐらと湧きたつのも見える。ドドーンッと大きな爆発音と一緒にマグマが噴き出して、真っ赤な火柱が立ち、もくもくと湧きたつ煙の中を真っ赤に燃える溶岩のしぶきがキラキラと飛び散る。花火みたいにその残像が目の奥に残る。

闇の中、数分おきに繰り返される地の底からあたり一面にとどろく爆発音と、降りかかってきそうに間近で立つマグマの火柱におののきながらも、ほとばしる地球の生命力に魅入られたみたいに、淳平とふたりしばらくじっと立ちつくす。

何べん噴火を見たあとやろう。空がうっすらと色を変え始めた。遠くの緩やかな山の端が金色に縁どられ始めた。永遠の闇にとじ込められたみたいなそれまでの夜の時間が嘘みたいに、見る見るうちに空が色を変えてく。山の端からわずかに覗いてただけの金色の点がどんどん広がって太陽が昇り始めた。またたいていた星をひとつひとつ吸い込みながら空が朝焼けに染まっていく。その空の下、夜の帳の中にひっそりと沈んでたバヌアツの大地も目覚め始める。

昇る朝日が夜色のベールを端からさあっとめくってくみたいに、目の間に果てしなく広がる大地もそこを埋める森の緑もいきいきと鮮やかな色に彩られてく。見てる自分も身体の中のすみずみから目覚めてくような伸びやかさを感じる。

「あけましておめでとう」

そう言うて淳平が繋いでたうちの手にギュッと力を込めた。あまりにも壮大なバヌアツの日の出をただただ息を呑んで見入ってたうちを、その声が引き戻した。

「あけましておめでとう」

キラキラと光の強さをどんどん増してく朝日を見上げたままうちは答える。

「一緒におれたな」

その言葉にちらりと淳平のほうを覗う。うちと同じように朝日を見上げて、その光に照らされた淳平の横顔からはその気持ちがうかがわれへん。

新しい年を迎えるときは一緒にいたい――、付き合いだして初めてのお正月の前にうちがそんなことを言うてから、年越しはいつも二人でしてた。喧嘩してもお正月の前には仲直りして。そんな思い出が切なかった。

またドドンッと噴火が起こった。一際大きな音に思わず淳平と顔を見合わせる。

「ごめんな」

噴火の音で聞こえにくかったけど、唇の形で淳平がそう言うたんが読めた。最初の晩と同じその言葉に胸がズキンと痛んだけど、もう突き放したり背を向けたりして逃げたなかった。目の前のバヌアツの大地から立ち昇る強いパワーがうちの中に満ちてた。

「何がごめん？」

淳平の目を真っ直ぐに見て、あの晩には訊かれへんかった問いを質《ただ》す。

「諦められへんねん」

淳平も、うちを真っ直ぐに見る。

「わかってる。チョコレートやんな？」

訊き返すうちの声がふるえる。心のどこかではもうわかってた。ずっと探してた淳平の夢。

「いや、ちゃう。チョコレートだけやない。キリコのこともや。キリコのことも諦めたない。キリコと一緒におりたい。離れたない」

思うてたのとはちゃう淳平の言葉。またドーンと噴火が起きた。地響きでふるえる足元と同じようにうちの心もビリビリとふるえてた。

「何言うてんの、勝手にバヌアツに来たくせに」

きつく言い返そうとしたけど泣きそうな声になってる。

「わがままやってわかってる。キリコには仕事や家族や友達も、置いてこられへん大事なもんが京都にいっぱいあるんもわかってる。わかってるし、きっと言うたところであかんとも思うてた。けど、もし、バヌアツに会いに来てくれたら――、言おうって思うてた」

いつも肝心なことは何にも言わんとおっとり笑うてて、何にも考えてへんように見えてた淳平がそんなことを思うてたやなんて。

「キリコ」

淳平がうちの両肩に手を置いてうちの目をじっと覗き込んだ。どんな言葉を聞かされるんかと、うちは思わず身構える。

「俺はキリコのことがチョコレートと同じくらい好きや」

うちは思わず吹き出した。

「何やの、それ」

張り詰めてた気持ちが緩んで、笑いと一緒に堪《こら》えてた涙もこぼれだして、泣き笑いになる。

「何やのそれって、笑うなよ。本気の真面目の告白やのに」

淳平がちょっと拗《す》ねたみたいに口をとがらせる。

うちが笑うてたんは、チョコレートと同じぐらいと言うた言葉があまりに淳平らしくて、それに嬉しくて照れくさすぎたからで、淳平の本気の真面目の告白は、ちゃんとうちの胸に響いてた。

「淳平っ」

呼びながらその胸に飛びこむ。不意をつかれた淳平の頬を両手でぎゅっとはさんでキスをした。

「うちはチョコレートの次でええよ」

「え？」

「チョコレートの次の二番目で。そのほうが淳平にワクワクしてもらえる」

そんな話を淳平が覚えてるんか覚えてないんかわからへんかった。けど、呆気《あっけ》にとられてたみたいな淳平の顔に、目いっぱいの笑顔が広がった。

またドカンと噴火が起きた。今までで一番高い、空に届きそうなほどの真っ赤な火柱が立つ。思わずギュッとしがみついたうちに、今度は淳平が強く長いキスをくれた。

閉じた目の中でマグマのしぶきの残像が花火になる。

——山を下りたら、淳平にデザートを作ってもらおう。ラップラップに淳平のチョコレートソースがかかったあのデザート。名前は、火山のチョコレート——ヴォルカンショコラはどうって訊いてみよう。ええ名前やなって淳平は言うてくれるかな。

バヌアツの大地の息吹《いぶき》の中、淳平の腕に包まれて、うちはそんなことを思うてた。

〔第五章〕香夜子とモーニャの鳥のミルク

——ポーランドのスイーツ

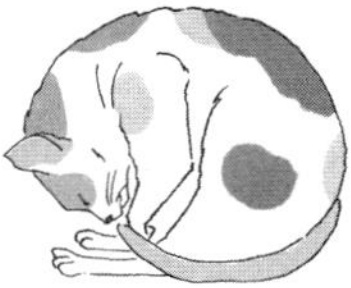

古文の授業は眠いと、友達はみんな言う。眠くて退屈で好きではないと。確かに香《か》夜《や》子《こ》もいつも眠気を誘われてる。けど嫌いではなかった。

国語担当の教師はひどく柔らかな声をしていた。その声で吟ずるように古文を読まれると、心地のいい音楽の調べを聴いているような感じが香夜子はした。

そんな風に感じているのを誰かに伝えたことは香夜子はなかった。友達が古文の授業は眠いと言うのには一緒に頷くけど、それが嫌いではないとは香夜子は口にはしない。みんなと同じなことだけを口にしていれば、自分の世界は平穏だと香夜子は思っている。

今日の古文の授業は竹取物語《たけとりものがたり》だった。

――その竹の中にもと光る竹なむ一筋ありける。それを見れば三寸ばかりなる人いと美しうて居たり。この児《ちご》のかたちけうらなること世になく、屋の内は暗き所なく光満ちたり。

かぐや姫、竹から生まれたその姫は辺りを光で満たすような美しさ――、幼い頃から慣れ親しんだその物語が古めかしい言葉で語られるのを聞きながら香夜子の頭にはある人の顔が浮かんでいた。

窓の外では雪がちらつき始めていた。京都の街中《まちなか》では降っていないときにでも、この山近い高校のあたりでは雪が降ることが多い。

古文の授業が嫌いではないということを口にしないように、あの人への思いもきっと口にすることはないだろうと、窓の外、山の上をすっぽりと覆う雪雲に目をやりながら香夜子は思う。

下足ホールに行くと一つ下の学年の颯斗《はやと》がいた。香夜子を見つけて、ようと手をあげる。ほぼ毎日のように颯斗はこうして香夜子を待っている。自転車を押す颯斗と並んで校門を出る。今日あったたわいもないあれこれを颯斗が話すのに、香夜子はもっぱら頷きながら歩く。香夜子も何かを話すこともあるけれど、何も話さないこともある。話したかったとしても学校の前の川を渡る橋の上はいつも横風が強くて、話をするのが難しい。特に今日のように小雪混じりの風の日は、香夜子も颯斗も口元までマフラーで覆ってただ歩く。橋を渡ってすぐのところにバス停があり、普段は香夜子がバスを待つ少しの間にまたたわいのない話をするのだけれど、今日は香夜子も颯斗もどんどん強くなってくる雪にただ立ってるだけで。

雪で遅れてるのだろう中々来ないバスに、一緒に待ってなくてもいいと香夜子は言ったけれど、聞こえてるのか聞こえていないのか颯斗はバスが来るだろう道路の向こうにじっと顔を向けている。マフラーで覆いきれていない颯斗の耳が寒さで赤くなっている。

颯斗と知り合ったのは橋の上だった。その日は特に風が強くて、俯いて足を踏ん張るようにして橋を渡っていた香夜子だったが、向かいから来た人をよけようとふと力を抜いた途端、横風の強さに負けてへなへなとへたり込むように転んでしまった。その香夜子の後ろで笑い声がすると思ったら、そこにいたのが颯斗だった。大丈夫かと訊きながらも、そんな風に人が転ぶの見たことないと笑う颯斗にむっとしたけれど、香夜子のカバンを自分の自転車の前のかごにポイと入れた颯斗は、俺が風除《よ》けになったるわと、立ち上がった香夜子の隣りを一緒に歩き出した。

それからはたまたま会うことがあると、颯斗はいつも香夜子の風除けをかってでた。背は高いけれどひょろりとして風除けになんてなりそうもない颯斗だけれど、風上にいてくれるとずいぶん風のあたりが変わるのに香夜子は驚いた。

颯斗に付き合ってほしいと言われたのも橋の上だった。香夜子はただシンプルに付き合えないと答えた。俺のことが嫌いかと訊かれた。嫌いではないけれどと、それにもシンプルに香夜子は答えた。香夜子の答えに少し考えた颯斗は、こうやって一緒に橋を渡るのは問題ないかと訊いた。香夜子も少し考えたけれど、またシンプルにええよと答えた。

それからは毎日のように学校からのほんの五分ほどの距離を一緒に歩くようになった。それももう三か月ほどになる。三か月経ったけれど、香夜子と颯斗の距離は変わらない。近くもならないし、遠くもならない。

そんな二人を見たクラスメイト達に、二人は付き合ってるのかと訊かれることもしばしばだったけれど、それを別段否定しなくても、その僅《わず》かな下校距離のひと時以外はどんな時にも接点のなさそうな二人の様子に、誰も何も言わなくなった。ただ事情を知ってる香夜子の友達の麻沙美《あさみ》は、そんなんその子がかわいそうやと眉を曇らせた。

バスがやっと来た。香夜子が乗り込むのを見て、ほなと、颯斗が自転車にまたがって踵を返す。そのまま香夜子が乗ったバスが向かうのと反対方向に、さっと走り去る――と香夜子は思ってた。今日はたまたま何の気なしに振り向いたら、自転車から下りた颯斗がこちらを向いて立ってるのが見えた。舞う雪の中、バスをじっと見送ってる。颯斗がかわいそうやと言った麻沙美の言葉がその姿に重なる。麻沙美にそう言われて、颯斗に悪いからもう一緒に帰るのは止めようと香夜子が言ったとき、一緒に帰れへんようになるほうが俺には悪い――、そんな風に言った颯斗だったけれど。

香夜子を乗せたバスが角を曲がって颯斗の姿が見えなくなった。どうして自分の心は動かないんだろうと香夜子は悲しくなる。颯斗にも他の男《ひと》にも。

――どうしたらええんやろう。

舞い散る雪で窓の外は少しの近くも見えなくなり始めていた。

父親の巧《たくみ》の働く竹細工の工房に着く頃には雪は本降りになっていた。

巧はこの工房で竹細工の職人としてだけでなく、竹細工に使う竹を竹林から選んで伐採する伐り子《きこ》と呼ばれる仕事もしている。冬の時期は竹林に入ることも滅多にないので、もっぱら伐採済みの竹を竹細工に使えるように加工したり、作品を作ったり、竹細工のワークショップをしたりとほとんど工房に籠って作業をしている。

普段から香夜子は放課後によく工房に立ち寄っていた。香夜子は竹が好きだった。地面からしなやかにのびる竹も、人の手を経て繊細な細工をされて生まれ変わった竹も。竹を身近に感じながら育ったこともあるけれど、工房で竹に囲まれていると香夜子は不思議なほど気持ちが安らいで、放課後に暇を見つけては工房を訪ねるのが常だった。

部活もバイトもせず暇があれば工房に足を運ぶ香夜子に、香夜子は重症のファザコンやから颯斗のことも相手にせえへんし、彼氏も出来ひん——、と、そんなことも友達の麻沙美に言われたけれど、香夜子は特にそれを否定したこともなかった。ファザコンという言葉に含まれた揶揄《やゆ》する響きに少し困惑はしたけれど確かに香夜子は父親の巧のことが大好きだったから。いつも穏やかで人当たりが良くて、それでいて芯のしっかりとしたところもあるその人となりはもとより、竹細工の職人という自分の生業《なりわい》に心をかたむけていつも真摯に向き合っている巧のことを、香夜子は深く尊敬していた。そしてそんな巧は香夜子のことを何よりも大切に愛《いつく》しんでくれ、香夜子を産んですぐに亡くなってしまったという母の不在の淋しさを、巧との二人暮らしの中で香夜子は感じたことはなかった。

　といって、颯斗のことや彼氏が出来ないというのは父親の巧とはまったく関係がないと思っていたけれど、それをわざわざ口にする必要もないと香夜子は思っていた。心あたりのある彼氏が出来ない本当の理由が自分の中で曖昧だったということもあった。

　朧気《おぼろげ》に感じてはいた自分の中の思い、それはそのままひっそりと奥底に隠れててくれればいい、むしろいつしか知らないうちに消えてしまって、あれは自分の勘違いだったと思えればいいとさえも、以前の香夜子は思っていたから。

　今、工房を目の前にして香夜子はその曖昧さを少し恋しく思っていた。はっきりとその姿を現して、もう誤魔化しようも隠しようもできなくなった自分の気持ちを香夜子はうまく扱えなかった。あの人――、自分の気持ちが真っ直ぐに向かっているあの人に今日も多分会える――、そんな思いで雪で遅れたバスから飛び降りてはやる気持ちに息を弾ませてここまで急いだくせに、いざ工房の前に立つと香夜子の足が一瞬すくんだ。

　会いたいけれど、会うのが怖かった。今でさえもう抱えきれないようになっている思いが、会えばまた大きく膨らみそうで。その香夜子の背中を押したのは、それでもやっぱり会いたい気持ちだった。香夜子は一瞬すうと大きくひとつ深呼吸をしてから工房の引き戸をそろそろと開けた。

入った途端、ぬくぬくとした空気に包まれた。土間に置かれた石油ストーブが赤く灯っている。上がり框《かまち》にも置かれた電気ストーブの前の座布団の上では猫のバブが丸まっている。その横に腰をかけながら雪で少し湿ったスニーカーを脱いだ。そんなに近寄ったらお尻尾こげてしまうでと、バブのお尻を電気ストーブから遠ざかるように手で押してやりながら、香夜子は首をのばして工房の奥、竹の衝立《ついたて》の向こうをうかがう。

巧と向かいあったほっそりとした後ろ姿が見える。安堵《あんど》とときめきと切なさ、様々な思いが香夜子の中でくるくるとつむじ風のように巡る。

香夜子の気配に気がついた巧が顔をあげて、よぉと軽く手を上げたのに、向かいあった女の人も振り向き、香夜子をみとめてにっこりと笑う。その瞬間、辺りがぱあっと明るくなった感じがした。透き通るような肌に澄んだ青い色の大きな目、長い髪の毛のしなやかな金色の光は、後ろですっきりと束ねられていてもそこから零《こぼ》れ出るように見えた。こんにちはと香夜子は慌ててぺこりと頭を下げる。何べん会っても最初は少し緊張してしまう。初めて巧から紹介されたときなどは、はじめましてとその美しいまなざしで見られて香夜子は目を伏せがちに会釈するのがやっとで、こちらはモーニャさん、ポーランドからの留学生でな、おばあさんへのお土産の籠を探しに来たんやけど、ワークショップがあるんなら自分で作りたいって言うて通うて来てはるんやと、巧が紹介してくれる言葉を半ば夢心地のように聞いていた。

「今日も来たんか。最近えらいよう来るな」

「そんなことあらへんよ、前からよう来てるし。それに籠も早く仕上げたいし」

巧の言葉にどきりとした自分の声が少しうわずって、言い訳じみてたような気がして、香夜子はちらりとモーニャをうかがったけど、もう自分の手元の籠に目を戻して黙々と手を動かしているのにほっとする。

香夜子の言葉はほんとうで嘘だった。

前から工房によく来ていたのはほんとう、籠を早く仕上げたいのは嘘だった。モーニャが編んでる竹細工の籠も、自分の編んでいる籠も、いつまでも出来上がれへんかったらええのに――、そんな風に香夜子は実は思っていた。

香夜子のそんな思いを知るはずもないモーニャは、一心に手を動かしている。その指もほっそりと美しい。モーニャの姿形はどこに目をとめても端正に整っている。熟練の職人にすみずみまで心をこめて作られたように。

最初のうちはモーニャのそのあまりの綺麗さに、ただ目を惹きつけられた香夜子だったけれど、幾度かこうして会う度に垣間見た、モーニャの意外なほどの真面目さや奥ゆかしい謙虚さ、そして家族思いの心の温かさ、そういった内面の美しさに香夜子の心はどんどん傾いた。そしてある日自分の中のはっきりとした声を聞いた。

――モーニャのことが好き。

その時、涙がこぼれそうになったのを、香夜子は懸命に堪《こら》えた。それは目の前に当のモーニャも父親の巧もいたからということもあったけれど、それがどこであっても、涙も自分の恋心もこぼせないと香夜子は思った。それだけはわかっていた。もう戻れない、けれどきっとどこにも行き着くことのないどうしようもない恋心を、どうしていいかは全くわからなかったけれど。

モーニャへの気持ちを認めてしまうと、それまでは自然にしていたこと――、特にこれといった理由もなく工房にしばしば立ち寄るということが、他人《ひと》の目には不自然に映るのではと、香夜子は急に気になりだした。

それならもう工房に行くのをよせばいいのかもしれないけれど、モーニャに恋した香夜子には、それはできないことだった。

工房に行くのが自然に見えるように――それまで考えたこともないそんな言い訳のために、香夜子はモーニャと同じように巧から竹細工を教わることにした。

幼いころから工房に出入りしてても、竹細工を作るということにそれまで興味を示したことのなかった香夜子の申し出に、巧は一瞬意外そうな顔をしてから、そうかと何度も嬉しそうに頷いた。そんな巧の様子に香夜子の心はちくりと痛んだ。

そんな巧への後ろめたい気持もすぐに消えてなくなった。始めてみると香夜子は竹細工に思いのほか心惹かれる自分を見つけた。いつも寡黙に作業をしている巧から初めて言葉にして聞かされる、竹細工を作る工程での繊細な心配りやこだわりに深く感じ入ることもしばしばで、それを上手くなぞろうと一心に気持ちを傾けたあとはすがすがしい気持ちに満たされた。

ただ、モーニャともっと近くで一緒にいられるようになったその時間は、幸せで切なかった。隣り合わせに座って同じように手を動かしていると、まるで心を合わせてひとつのことを一緒にしているような、不思議な一体感を感じられた。けれど、モーニャがおばあさんへのお土産のために編んでいる籠がだんだんと出来上がっていくのを見るのは切なかった。

――この籠が編み上がったら、モーニャはワークショップから卒業してしまう。そしたらもう、モーニャとは会われへんようになる。ずっと出来上がれへんかったらええのに。

そんな起こりもしないことを香夜子はひっそりと願っていた。いつまでもこうしてモーニャとふたりで籠を編み続けていたかった。ひと目ひと目と増えていく籠の編み目と一緒に香夜子の思いも増えていった。

モーニャのおばあさんは、自身も、蒲《がま》を使ったポーランドでは伝統的な籠編みをしていて、色んな国の編み細工を集めているそのおばあさんに日本の竹の編み籠をお土産に持って帰りたいと言って工房を訪ねて来たのだと巧から聞いた。

最初は商品として並べられているもう出来上がった竹細工を選ぼうとしていたモーニャだったけれど、自分で作ることができるワークショップもあるというのを知って、留学先の大学の講義が終わったあと、夕方からのインディアンレストランでのバイトの合間のほんの三十分足らずの時間に工房に通ってきている。

そのほんの僅かの時間を逃すとモーニャには会えないから、いつも放課後になると学校を飛び出して、少しでも早く工房へと急いでいた香夜子だったけれど、今日は雪のせいで随分バスが遅れた。案の定、ものの十分も経たないうちに、ふうとモーニャが息をついて腕時計を見た。

「もう行かなくては」

かくりと淋しい気持ちになった香夜子の隣りで、モーニャがしげしげと自分の編みかけの籠を眺める。

「小さいとき、わたしのおばあさんが籠を編んでるそばでよく遊んでました。おばあさんは蒲を使ってわたしのために人形や馬をよく作ってくれました。今度はわたしがおばあさんのために作りたいと思いましたが、とっても難しい。わたしはおばあさんのように上手ではないです」

自分の手の中の作りかけの籠をしげしげと眺めながらそう言ったモーニャが苦笑いする。確かにその籠の少しゆるめの編み目は不揃いで、丸みがややひしゃげたところもあるけれど、それがまた手作りならではの味のある温かさに香夜子には思えた。

「わたしはモーニャの籠は心がこもっていてとても素敵だと思う」

思ったままを言葉にした香夜子に、ありがとうと言ったモーニャの顔がぽっと赤くなった。あっと、モーニャが両手で頬を押さえる。

「わたしの顔赤いですよね。嬉しいと顔がすぐ赤くなって」

恥ずかしいと、香夜子よりずっと年上のモーニャは幼い少女のような顔で笑った。

――なんてかいらしい人なんやろう。

香夜子は自分の胸がとくんと大きく打つのを感じた。その音がモーニャに聞こえてしまわないかと心配なくらいに。顔に血がのぼるのがわかった。香夜子も思わず両手を頬に当てた。モーニャと同じ仕草で。と、そんな香夜子を見るモーニャの瞳に戸惑いの色が浮かんだ。その瞳でどうしてか自分をじっと見るモーニャから、香夜子は視線を外せない。

――どないしよう。

「どないしたんや、ふたりで同じ恰好《おんな》で赤い顔して」

香夜子とモーニャとの間の身じろぎもできないような空気が、巧の声でするりとほどけた。

工房の奥から出てきた巧が目を丸くしたのに、モーニャの顔にうろたえた色が浮かんだ。香夜子ちゃんがわたしの籠を褒めてくれたのが嬉しくてと、しどろもどろに話すモーニャの顔は、またいっそう赤くなった。そして、巧を見るその瞳には特別な熱が籠っているように香夜子の目には映った。途端、香夜子の中の熱がすうっと引いていく。

モーニャの巧への特別な気持ちの気配を香夜子はそれまでも幾度か感じていた。例えば、巧と話すときにはモーニャの顔がいっそう輝いているように見えることや、例えば、巧の言葉にはどんなことにも熱心に相槌を打つこと、そんな例えばが何かというと香夜子の目にはついて、その度に香夜子の胸はキュッと音をたてた。

「お邪魔様」

そう言って香夜子は急に立ち上がった。踵を返して出口に向かう香夜子を、香夜子の名前を呼ぶ巧とモーニャの驚いた声が追いかけてくる。バタバタとした気配に上がり框で丸まってたバブが起き上がった。いつもなら帰り際には必ず自分を膝の上に乗せてひとしきり撫でてくれる香夜子を見上げてニャーとなく。香夜子はそれにも構わずに外に出た。まだ雪は止んでいなかった。顔にあたる雪の欠片《かけら》は冷たかった。香夜子の心の中もしんと冷えていた。さっきまでの頬の熱さが嘘みたいに。

＊

「ああ、さぶい。さぶい。さぶい。さぶい。さぶいったらさぶい」

一番着膨れしたキリコがせわしなく足踏みしながら、のべつまくなしに、さぶいと連発してモーニャとリコを笑わせる。曇り空の下、昨晩から今朝方まで降っていた雪の気配がまだ残る空気は確かにキリリと冷たい。

冬の大原《おおはら》はそれまでの紅葉の季節が嘘のように訪れる観光客はまばらになる。特に二月ともなれば、それはなおさらだったけれど、今日の三千院《さんぜんいん》の境内は年に一度の初午《はつうま》の大根焚《だいこだ》きという行事に足を運んだ人で賑わっている。モーニャは、ヨガのクラスで知り合ったキリコとリコが案内するからと誘ってくれてやってきた。何でも大原で採れた大根を煮たものが参拝客に振る舞われるらしい。その順番を待つ列にキリコたちと一緒にモーニャも白い息を吐きながら並んでいる。

つい最近は八坂神社の節分祭りにも二人はモーニャを連れて行ってくれ、目にも艶《あで》やかな舞妓《まいこ》や芸妓が大舞台から豆を撒く様子や、それを求める沢山の人の様子にモーニャは驚いた。

神社やお寺というのはお参りする場所だというのは知っていたけれど、食べ物を振る舞うお祭りがあるというのは、モーニャは日本に来て初めて知った。しかもそれぞれ、厄除けや開運、健康長寿など幸運を祈る意味があるというのもモーニャにとって興味深かった。それをモーニャが口にすると、

「食べるっていう漢字は人を良くするって書くやんか。神さんや仏さんが食べるもん振る舞いはるんは、人に良うなってほしいからや」

と、キリコはもっともらしい顔で言ったあとに、知らんけどとペロリと舌を出した。

「出た。キリコの知らんけど。最近それればっかりやん」

リコが横から可笑しそうに茶々を入れる。

「何、言うてんのん。知らんけどは関西人の会話のしめのマナーでもあり、リスクマネジメントでもあるんやで」

と、キリコがまたもっともらしい顔で言ってから、知らんけど——と、おどけて肩をすくめたんに、知らんこと多すぎるしと、リコが呆れ笑いをする。

キリコとリコの会話は京都弁なので、モーニャは時々言葉の意味がわからないこともあるけれど、小学生の時からの仲良しというふたりの間の空気はいつも温かいし、モーニャにも同じ温かさで接してくれるから、自分も二人の長年の友達のようになったような感じがして、モーニャは二人のことも、二人と過ごす時間も好きだった。

「食べるは人を良くする。だから日本人はみんな良い人ばっかりなんですね」

なるほどと納得顔で頷くモーニャに、リコと顔を見合わせたキリコが、

「どういうこと？」と、首をかしげる。

「だって、日本の人はとっても食べることが好きだと思います。テレビでも一日中、どこかのチャンネルで必ず食べ物のことを紹介しています。ほんとにびっくりしました。ポーランドのテレビはあんなにいっぱい食べ物のことを紹介しません」

　モーニャの言葉に、へー、そんなん、思うてもみてへんかったわ、けど確かに言われてみれば、絶対どっかのチャンネルで食べるもん紹介してるわなぁと、キリコとリコが感心した声になる。

「確かに日本人は食いしん坊やし、テレビも食べもんのことでいっぱいやけど、日本人はみんなええ人っていうのはどうかなぁ。悪い人もいっぱいいてるで」

「でも、わたしの会った日本人はみんな良い人です。キリコさんもリコさんもとっても良い人ですし」

　そうニッコリ笑ったモーニャに、そんなこと言うモーニャこそ天使みたいやないのぉと、キリコがうっとりとしてみせる。ほんまになぁ、見た目からして天使やしと、リコが相槌を打つ。

「じゃあ、ポーランドの人はあんまり食べることに興味がないってこと？」

「いいえ、大好きです。ポーランドでは一日五食です」

「五食っ?」

リコとモーニャのやり取りに、キリコがまた素っ頓狂な声で割って入る。その声の大きさに、前に並んでいたお年寄りの二人組がびっくりしたように振り返った。その二人に、やかましくてすいませんと会釈するリコの隣りで当のキリコは気にしてる風もない。

「五食って、日本人よりよっぽど食べてるやん。ってことは、ポーランドはええ人だらけってこと?」

「だらけ?」

「めっちゃいっぱいってこと」

「あー、はいっ、めっちゃだらけです。シランケド」

大きな瞳をくるりと廻してそうおどけたモーニャに、キリコもリコも一瞬虚をつかれたあとにぷっと吹き出す。モーニャ、めっちゃも知らんけども使いこなしてる、日本語がこなれすぎてるしと、二人が自分を挟んで両側から肘で突《つつ》くようにして笑うのに、モーニャの気持ちは今日もほっこりと温まる。

その気持ちと同じくらい温かな湯気を立てる大根を、ようお参りと、割烹着姿の女の人から手渡されて、境内にずらりと並べられた長椅子に三人で腰をかける。両手で包んだ赤いお椀の澄んだお出汁の中の大根は、こっくりと優しい飴《あめ》色をしている。じっくりと煮こまれてお箸を入れるとほろりと柔らかくほぐれる大根を、みんなでハフハフと食べる。

「あー、おばあちゃんを思い出すわ」

キリコがしみじみした声を出す。

「うちのおばあちゃんの大根の炊いたんも美味しかったなあ。うち、ちいちゃい頃、野菜大嫌いで、けど、おばあちゃんの大根の炊いたんだけは大好きやった」

「そういうのあるよね。マドも小さいとき人参は大嫌いやったけど、お母さんの作るガジャルハルワっていう人参を使って作るスイーツは好きやったって」

インド人の恋人のマドのことを話すとき、いつも優し気なリコの顔がいっそう柔らかくなる。

「わたしもおばあさんの作ってくれるケーキがちいちゃい頃から大好きで。鳥のミルクっていうケーキなんですけど」

モーニャの頭に大好きな祖母の顔が浮かぶ。熱々の大根から立つ湯気のように、ふんわりと温かなものでモーニャの心が満たされる。

「鳥のミルク？　おもしろい名前」

大根を口に運ぶお箸を宙に浮かせて、リコが小首をかしげる。

「幻の国に住む幻の鳥のミルクを手に入れた者がお姫様と結婚できるという昔話があ

るんですが、そこから名前がつけられたそうです。この世にはない鳥のミルクのように、この世にありえないほどの美味しいケーキということで」

この世にありえへんほど？　食べてみたい――、スイーツに目のないキリコとリコが目をキラキラさせる。その二人の様子に、同じように鳥のミルクの話をしたとき目をキラキラさせてた香夜子の顔がふと浮かんで、モーニャを微笑ませた。幻のものを手に入れたらお姫様と結婚できるって、かぐや姫という同じような昔話が日本にもあると、そんなことも香夜子は教えてくれた。

「モーニャのおばあちゃん、帰ってきたらそのスイーツ作ってあげようって、待ちかねてはるやろねぇ。再来月やったっけ、ポーランドに帰るのん」

「そうです。四月の初めです」

「もうすぐやん。淋しいわぁ。モーニャが帰ってしまうなんて」

リコがしんみりとした声を出すのに、モーニャもしみじみと答える。

「わたしも淋しいです」と、

「けど、一年近くも離れてたら、ポーランドも恋しいんとちゃう？　ほら、彼氏とか？」

「彼氏はいませんって言ったじゃないですか」

苦笑いするモーニャの顔をキリコがまじまじと見る。

「こんな別嬪さんで性格もええモーニャに彼氏がいてへんなんて、七不思議すぎるねんけど。じゃあ日本では？　一年もおってんから。出会いとか？　気になる人とかもいてへんの？」

「気になる人――」

モーニャの視線がふわりと宙に浮いた。

「あ、その顔。今、誰か思い浮かべてた。誰？　うちらの知ってる人？」

興味津々のキリコにたたみこまれたけれど、モーニャはいるともいないとも答えずに淡く笑う。

自分の思いを誰かに言うつもりはなかった。気になる人がいることも、それが誰かということも、気になるどころか密かに思いを寄せていることも心の中にしまっておくつもりだった。いつも洋服の下にひっそりと身につけている小さな銀のロケットペンダントと同じように。

古びたそのペンダントは祖母が自分のものをモーニャにくれたものだった。自分の恋も、自分が恋した人も永遠になくしてしまったあの時に。大切にしまっておきたいもののためにねと、祖母はモーニャの手をぎゅっと握りしめるようにしてペンダントを渡してくれた。捨ててしまうしかないと思っていた気持ちの居場所を貰《もら》ったみたいでモーニャの気持ちは救われた。ありがとうと、涙ぐんだモーニャを祖母はぎゅっとハグしてくれた。

「まぁまぁ、そんなに困らせんと」

モーニャに詰め寄る勢いのキリコがリコに柔らかな声で宥《なだ》められて、だって気になるやんと、子供みたいにぶうと頬を膨らませる。

「大丈夫です。困っていません。困惑はしてますが」

そう言ってニッコリとしたモーニャに、キリコもリコも一瞬きょとんとしたあとに笑い出す。

モーニャには勝たれへんわぁ、ほんまやわ、日本語上手すぎやし、しかも顔が天使すぎるしと、キリコとリコが笑い合うのを、モーニャは申し訳ない気持ちで眺める。

ヨガのクラスで知り合ったこの二人とは驚くほど仲良くなって、モーニャがアルバイトをするインド料理屋さんにもしょっちゅう来てくれる。チャキチャキとしたキリコと、おっとりとしたリコ、モーニャは二人のことが大好きで、その大好きな二人がこんなに温かく接してくれるのに、自分の心の中には開ききれていない部分がある。

「日本に来てよかったです。キリコさんとリコさんに会えたから」

精一杯の気持ちをモーニャは口にした。その途端、ガタンとキリコが長椅子から立ち上がった。

「お大根、もう一個いただいてくる」

少し怒ったような声でそう言ったキリコが、すたすたと大根焚きを待つ列のほうへと戻っていく。

「ひとり一個ちゃうのん？　欲張ったらバチ当たるえ」

リコが笑いながらかける声も聞こえてるやろうに振り向きもせずに。あっけにとられたモーニャに、

「キリコ、淋しさが爆発したんかも」

いかり肩の早足で歩いてくキリコの後ろ姿に目を当てたままリコがそう言う。

「わたしもかなりやばいけど。もうすぐモーニャが帰ってしまうと思うたら」

曇り空から日がのぞいた。今朝方までの雪にうっすらと覆われた庭が日の光を急に明るくはね返す。不意の眩しさを遮るようにモーニャは手をかざした。その手の平の下の瞳は少し潤んでいた。

＊

香夜子は部屋のドアを開けて家の中の気配をうかがった。時間は午前零時を少しまわったところ。そろそろと暗い廊下を歩いてキッチンに行く。物音を立てないようにということもあるけれど、靴下ごしでもひやりと伝わってくる廊下の床の冷たさにも、つま先立ちになりながらそろそろ歩く。辿り着いたキッチンのシンクの上の灯りをパ

チンとつけたら、いつもよりも光が明るく白々と感じる。キッチンに続いたリビングルームに面した襖越しの向こう、巧が眠っている和室もしんとしていて、巧が起きてきそうな気配はない。

映画が好きな巧は、昔は宵っ張りでよく夜遅くまでひとり起きて映画を観ていたけれど、最近はすっかり早寝になった。お父さんも年やなぁと何かにつけて苦笑いすることも多くなってきた。

白髪が目立ってきたその頭を枕に乗せて寝息を立てているであろう巧の姿を一瞬思い浮かべてから、香夜子は冷蔵庫をそっと開けた。

生クリーム、卵の白身、グラニュー糖、レモン汁と、冷蔵庫から出した材料とボウルや泡立て器などの調理器具がのったトレイを両手で持ちながら、またそろそろと部屋に戻る。

モーニャから聞いたポーランドの鳥のミルクというスイーツを、香夜子は作ろうとしていた。雲を摑むようなことかと思ったけれど、インターネットで探してみたら思いのほか幾つものレシピが見つかった。作り方も出来上がりもそれぞれ様々だった。その中でもモーニャが話していたチョコレートでコーティングされた、白くてプルンとしたケーキというものに一番近いものを香夜子は作ってみて、明日のバレンタインに渡そうと思っていた。

勉強机を調理台にして作業をする。

まずレモン汁を加えた生クリームを泡立てる。サラリとしてほとんど手ごたえがない生クリームの中で根気よく泡立て器を動かす。いつまでも変わらないように見えてくたびれ始めた香夜子の気持ちが伝わったかのように、トロみがつき始めた生クリームの表面に泡立て器の動きに合わせて、さざ波のような綺麗な模様が浮かび始めた。ほどなく、ようやくツノが立つようになったぐらいに泡立った生クリームは一旦休ませて、今度は卵の白身を泡立てる。レモン汁を加えた白身はつるりとして生クリームよりもさらに手ごたえがなくて、泡立て器を入れるとカシャカシャとボウルに当たる音がさっきより大きい。巧を起こさないかと時々手を止めて気配をうかがいながら、また手を動かす。

つい先日、もうすぐバレンタインやけど誰かにチョコレートあげるんかと、巧にしては珍しいことを訊かれたとき、狼狽《うろた》えた香夜子は咄嗟に、あげへんよ、好きな人なんかいてへんしと答えてしまった。その答えに巧はふうんと、少し腑に落ちないような表情になって香夜子を焦らせた。自分の恋心は他人《ひと》の目にわかるほどなのかと。香夜子のそういうことにはずっと無頓着に見えた巧を不思議がらせるほどに。

それでも、モーニャから聞いたポーランドのスイーツを作っているだけだと言えばすむことで、こんな風にこっそり真夜中に作ることはなかったのかもしれないけれど、訊かれてまた嘘を重ねてしまう後ろめたさもあったし、そんな嘘をついたところで巧にはもう見抜かれてしまうのではないかという怖さもあった。

生クリームのときよりもさらに長く永遠のように感じながら手を動かし続けて、やっと白身がふわふわと泡立ってきたところに、キラキラとした雪の欠片のようなグラニュー糖を少しずつ加えていく。もうちょっと、もうちょっとと心の中で自分に声をかけながら手を動かし続けたら、泡立て器で持ち上げたメレンゲのツノがようやく優しくお辞儀してくれるようになった。

香夜子はふうと、ひと息ついた。寒さはもう感じていなかった。少しだるくなった右腕をさすってから、泡立てたあと休ませていた生クリームに、ぬるま湯で溶かしたゼラチンと、今できたばかりのメレンゲをお玉でひとすくい入れて、泡をつぶさないようにスパチュラで空気を含ませるようにふんわりと混ぜる。大切な人にあげるものをこんな風に大切に作っていることが、香夜子の気持ちを優しく和ませる。

よく混ざったところで残りのメレンゲもボウルに入れてしまう。さっきまでと同じように泡をつぶさないように優しくふんわりと混ぜる。ほどなく、ボウルの中のメレンゲは鳥のミルクという名前を思い出させる、真っ白でつやのあるケーキの生地に姿を変えた。香夜子はドキドキしながら、ケーキ型にそれをゆっくりと流し入れる。とろとろとした生地がやわらかい輪を描きながらケーキ型を満たしていく。全部入れ終わったところでケーキ型を軽くトントンとゆすって形を整えてやる。

――思ったより綺麗に仕上がったと思うけどどうなんやろう。

香夜子はしげしげと眺めながら小首をかしげる。

まだこれにチョコレートでコーティングしなくてはいけないけれど、その前に三時間ほど冷やして固めなくてはいけない。ケーキ型がのったトレイを両手で捧げ持つようにして、またそおっとキッチンへと戻り、冷蔵庫の中にケーキ型を、そろっとおさめた。

上手くできるんやろか、モーニャは喜んでくれるんやろか、それに何より渡すことが出来るんやろうか――と、今になって色んな不安が香夜子の中に浮かんでくる。


あの雪の日、唐突に逃げ出すように工房から帰ってしまった香夜子は、しばらく工房には顔を出さなかった。

お邪魔様と、そんな言葉を捨て台詞のように投げつけた自分のことを、モーニャと巧はどんな風に思ったんだろうと、その後すぐの帰り道で香夜子はすぐにひどく心配になったけれど、といって工房へと引き返すのもいっそう気まずい気がして、ぐずぐずと思い悩みながらあの日の香夜子はそのまま家に帰った。

その晩、家に戻ってきた巧に何か言われるかと思ったけれど、巧はいたっていつもどおりで香夜子を少しほっとさせた。それでも香夜子はまだ工房に行くのをためらっていた。モーニャも自分のあんな態度について何も思っていなければいいけどと、その心配を巧に打ち明けることもできず、それから一週間以上、香夜子は工房に立ち寄らなかった。そんな香夜子に何かを言うわけでもないいつもどおりの巧に、自分が工房に行かなくても、巧も、そして香夜子にとってはもっと肝心なモーニャも、何も気にしていないのかと心配する気持ちが、悲しくてふてくされたようなものに変わってきたところに、どうして香夜子が最近来ないんだろうとモーニャが淋しがってたと、巧から聞かされた。途端、香夜子を押しとどめていた、くよくよと思い惑っていた気持ちが現金なほどにぱっと消えた。

その次の日、香夜子は放課後を待ち侘びて教室を出た。下足ホールに颯斗の姿がないのにほっとした。どうしたん、えらいご機嫌さんやんと、麻沙美にも言われた自分の今日の上機嫌は、颯斗にもきっと伝わるような気がしてたから。他の人への恋心でこんなに胸をいっぱいにしてる日に、颯斗と並んで歩くのはひどいことだと思った。

川を渡る橋の上の風はその日も強かった。いつもは川からの横風だったけれど、その日は向かい風だった。正面から吹き付ける風に抗って歩きながら香夜子は思っていた。颯斗に言わなくてはと。これからはもう橋は一人で渡ると。

颯斗に付き合えないと返事をしながら一緒に帰っていたのは、もしかしたら自分の心が動くかも、いや、動いてほしいとも、香夜子は心のどこかで願っていたところもあった。そのもしかしたらは絶対にないとはっきりわかった今、それを黙ったままにするのは颯斗に対してアンフェアすぎると思いながら、強い向かい風の中、香夜子はひたむきに足を進めた。

久々に訪れた工房の前で、いつも以上に大きく深呼吸をしてから中に入った。引き戸が開く音に、上がり框の座布団の上で丸まってたバブが薄く片目を開けて香夜子の姿を認めたかと思うと、ニャーと嬉しそうに立ち上がってのびをした。上がり框に腰かけてスニーカーを脱ぐ香夜子の膝の上にまで乗ってきて、ニャーニャーと今まで見たことのない様子でバブがすりよってくる。

「あんたの猫なで声初めて聞いたわ」

思いもかけないバブの歓迎ぶりに笑いながら、香夜子がその頭を両手でぐりぐりと撫でてやる。

「バブちゃんも淋しかったんですね」

声に振り返ったらモーニャが立ってた。辺りが急に明るくなって香夜子の心の中にも光が差し込んできた気がした。やっぱりかぐや姫みたいだと、香夜子は思う。

――それに今、バブちゃんもって言うた。ってことはモーニャも淋しかったってこと？

思わずモーニャに向けそうになった物問いたげな視線を香夜子は慌てて泳がせた。

ほんの些細な言葉の端でも、好きな人の口から出たものは大きな意味を持ってしまう。

その日は巧は寄合に出かけており、工房にはモーニャと二人だけだった。土間の石油ストーブの音が微かにする中、久しぶりにモーニャと並んで竹籠を編む香夜子の胸は、どきどきと高鳴っていた。

「香夜子ちゃんが来なくて淋しかったです」

不意に竹籠を編む手を止めたモーニャが、そんなことを言った。香夜子の胸がドキリと大きくはねる。

「どうしてしばらく来なかったんですか」

モーニャに真っ直ぐな目でそう訊ねられて、どきどきとし始めてた香夜子の胸の音が一瞬止まる。ぎゅっと強く摑まれたみたいに。

「モーニャがお父さんのことを好きなのかと思って」

その香夜子の言葉にモーニャが驚いた顔になったけれど、香夜子も自分の口からそんな言葉がするりと出たのに、あっと思う。

「それはないです」

モーニャがくすくすと笑い出す。

「心配したんですね。香夜子ちゃんはお父さんのことが大好きだから」

え、そういうことではなくてと、言いかけて香夜子は口をつぐむ。そうではなくて、わたしはあなたが好きだから、その言葉はさすがにするりとは口から出ない。

「そんな心配はないいから来てくださいね」

モーニャにニッコリとされて香夜子の気持ちはふわりと舞い上がった。

それからは、以前に比べてモーニャとの距離が少し縮まったように香夜子は感じた。手を動かしながら自然なお喋りが弾むようになった。お喋りばっかりしてんと手もしっかり動かしいやと、巧にたしなめられるほどに。

この鳥のミルクのことも、そんな話の中でモーニャから聞いた。おばあさんがよく作ってくれたんですが、もう長い間食べてませんと、しみじみと言ったモーニャの淋しそうな顔に、作ってみようと香夜子は思い立った。少し無謀な思いつきかなとは思ったけれど、そのモーニャの淋しそうな表情と、モーニャが聞かせてくれた鳥のミルクにまつわる逸話も、香夜子の背中を押した。幻の国に住む幻の鳥のミルクを手に入れた者がお姫様と結婚できるという物語から名前がつけられた鳥のミルク、それに自分の恋心を託してモーニャに渡したかった。

手元に置いていた携帯電話がブルブルとふるえて香夜子はもぞもぞと起きた。目覚ましをかけててよかった。ケーキの下地が固まる間起きて待ってようかとも思っていたけれど、やっぱり眠ってしまっていた。画面に浮かぶ時間は午前二時半。パジャマがって耳を澄ませてみる。暗い中またキッチンへと向かう。巧の部屋のほうをうかがって耳を澄ませてみる。静まり返ったキッチンには、ぶーんと低く唸るような冷蔵庫の音以外は何も聞こえない。冷蔵庫を静かに開けてケーキ型をそろそろと取り出してみる。中の真っ白な表面にスプンで触れてみたら、プルンとした感触が伝わる。ちゃんと固まっている様子に香夜子はほっとしながら、それはもう一度冷蔵庫の中に戻してコーティング用のチョコレートソースを作ることにする。

小鍋にグラニュー糖とココアを入れてダマにならないようによく混ぜたところに、少しの水を入れて更に混ぜる。粉っぽさがなくなったところに生クリームを入れて、また混ぜる。よく混ざったところで火にかける。

ごく弱火で焦げ付かないようにと丁寧に手を動かす。焚火《たきび》やキャンドルの灯りは人を落ち着かせる効果があると聞いたことがあるけれど、確かにこうして暗い中手を動かしながら、微かにゆれる小さな青いガスの灯を見下ろしていると、気持ちが穏やかになってくるのがわかる。小鍋の中と同じように香夜子の気持ちもとろとろとなめらかになるような気がする。微かな湯気が立ち始めた小鍋からはチョコレートの甘い匂いが漂い出した。

その匂いに、チョコレートが欲しいと言った颯斗の顔がふっと浮かんだ。

もう一緒には帰れないと颯斗に言おうと決心したものの、香夜子はそれを中々颯斗に言い出せずにいた。やっと言えたのはほんの二、三日前だった。いつ切り出そうかと思うけれど、タイミングがわからない香夜子はいつも以上に黙りがちで、弾まない会話に颯斗は一瞬黙りこくった後、

「なぁ、チョコレートくれへんか？」

と、急にそんなことをぽつりと言った。あまりに唐突でぽかんとした香夜子に

「もうすぐバレンタインやんか、義理でもええから、お願い」

と、冗談めかした口調の颯斗が片手で拝むような仕草をした。

「わたしは義理で恋したりしない」

考えるより先にそんな言葉が香夜子の口から出た。颯斗がはっとした顔になる。香夜子自身も驚いて、ごめんと慌ててあやまったら、いや、ええけどと、言いながら颯斗はひどく傷ついた顔をしていて、その目は泳いでいる。

――今言うのは、もっとひどいかもしれへん。

そう思ったけれど、今言わなければまたずっと言えない気もした。

「せやし、もう一緒にも帰られへん」

颯斗の目を真っ直ぐに見て香夜子はそう言った。

「本命がいてるんか？」

そう訊きながら颯斗が香夜子に当てた目を眩しそうに細めた。ここで嘘はつけない

と、香夜子はこくりと頷いた。

「そうか。俺は義理のポジションでもよかったんやけどな」

そう言いながら颯斗は自転車にひらりとまたがった。その颯斗の着ている制服のブレザーに香夜子の目がとまった。右の肘と、その下のあたりがひどく白くけばだって、少し擦り切れているようにも見える。

「肘んとこ」

香夜子の視線の先をちらりと見た颯斗が苦笑いする。

「ちょっと橋で擦《こす》りすぎた」

そう言った颯斗が、ほな俺もう行くしと、香夜子の顔はもう見ずにさっと自転車を走り出させた。

香夜子を風からかばって、いつも風上《かざかみ》側、それも橋の欄干ギリギリを颯斗は歩いていた。狭い歩道で隣りの香夜子が車道に近くなりすぎないようにと、颯斗はざらざらとした古い石の欄干で自分のブレザーをしょっちゅう擦らせながら。

ずっと颯斗の左側を歩いていた香夜子が見えていなかった颯斗の優しさ。

颯斗の姿があっと言う間に遠くなっていく。その優しい肘の擦り傷と一緒に。香夜子はじっと見送っていた。今日も強い横風にあおられた髪を押さえながら、今まで見送ってもらってばかりで見送ったことのなかった颯斗の後ろ姿を。

——ありがとうもごめんもちゃんと言われへんかった。

小鍋の中を掻《か》きまわす手と一緒に後悔の気持ちもぐるぐると香夜子の頭の中を巡る。

——私の恋心にはまだかすり傷もついてへん。

誰にも見えないように傷つかないようにとしまってあったけれど、それを優しかった颯斗を傷つけるだけに持ち出して、またしまいこんでしまうのはずるいと香夜子は思った。

しっかりとろみがついた小鍋を火から下ろして、お湯で溶かしたゼラチンを小鍋の中に入れる。ダマにならないように丁寧に混ぜ合わせてから、さらに茶こしで濾《こ》したら、とろりとなめらかなチョコレートソースが出来上がった。小指をそっとつけて味見をしてみる。こくのあるほろ苦い味わいが口の中に広がる。美味しくできたような気がする。香夜子は神妙な顔つきで冷蔵庫からケーキ型を出した。

真っ白なケーキ地の上にチョコレートソースを流し入れる。チョコレートソースがなめらかに広がってケーキの表面がつやつやとした深いチョコレート色ですっかり覆われた。これをまた冷蔵庫でもう一時間ほど冷やしたら今度こそ出来上がる。

ケーキ型をまたそおっと冷蔵庫に戻した。後ろ手にパタンと閉めたドアにもたれかかるようにして香夜子は床に座りこんだ。

——作ってしもた。もうあとには戻られへん。

背中越しの冷蔵庫の中でひっそりと出来上がりを待つ鳥のミルクを思って、香夜子はほぉっとため息をついた。

＊

平日だったけれど、モーニャがアルバイトをするインディアンレストランの店内は混んでいた。バレンタインということで、ほとんどのテーブル席はカップルで埋まっている。

いつもは女同士の二人で来ることが多いキリコとリコも今日はそれぞれの恋人を連れてきている。

「バレンタインやのにバイトしてるやなんて色気なさすぎやわ。休んでデートしよし」

パリッと焼き上がったばかりのパパドのお代わりの籠をモーニャから受け取りながら、キリコが呆れたようにモーニャを見る。

「だって誰も誘ってくれませんから」

モーニャは笑いながら肩をすくめてみせる。今日はバレンタインということで深紅の制服がわりのインドの民族衣装のパンジャビドレスを着たモーニャはいつも以上に華やかに見える。

「こんな別嬪さんほっとくなんて、世の中の男は何してんねん」

キリコが憤慨したような声をわざとらしく作って、パパドをパリポリと勢いよく食べる。

「でも日本ではバレンタインは女性から愛の告白をする日なんですよね」

そう言って小首をかしげたモーニャに、

「そうやで、日本ではバレンタインは女の子が好きな男の子にチョコレートを渡して告白するという、由緒正しき恋愛行事や」

キリコの恋人の淳平が可笑しそうに口をはさんで、

「はい、おくれ、僕のチョコレート。そのためにバヌアツから一時帰国してきたんやから」

と、キリコに手を差し出す。

「それはお疲れさん。けど、プロのチョコレート職人にあげられるチョコレートなんかありません」

キリコが表情も変えずに言うのに、そんな殺生なと、淳平がぼやいてみせる。

そんな二人の様子をリコとリコの恋人のマドが、にこにこと穏やかな笑顔で見ている。

　こうして見ていると、キリコには淳平、リコにはマド、どちらもその人以外には考えられないぴたりと合った相手と巡り合ったように思えて、モーニャは羨ましかった。自分の心には、ずっと淋しい隙間が空いている。それはそれでいいと思っていたくせに、キリコ達を見ていると、その隙間をピタリと埋めてくれる人と抱きしめ合いたい――そんな気持ちになってる自分に驚いた。いつまでたってもそんな日が来るとは思えないモーニャは、淋しい気持ちを笑顔の下に隠していた。

　サラダにサモサにタンドリーにカレー、そして何回ものパパドのお代わりとで、すっかりお腹がいっぱいになったキリコ達四人のテーブルに、デザートのチョコレートケーキをモーニャがしずしずと運んだ。もうすぐ移住するバヌアツという国のチョコレートを使って淳平が作ったチョコレートケーキがサプライズとして用意された。淳平以外の三人が歓声をあげる。

「キリコがくれへんから自分で作った」

　ひどい彼女やと、そんなことも言いながらも淳平は嬉しそうにニヤニヤと笑っている。

「うちがひどい彼女のおかげでこんな美味しいケーキ食べられるんやで、みんな感謝してや」

　キリコはチョコレートケーキを頬張りながら、しれっとそんなことを言ってみんなを笑わせる。

そんな賑やかな時間もほどなくお開きになり、キリコ達四人を見送りにモーニャはレストランの外に出た。

何度か交互に振り返りながら帰っていくキリコ達に振っていた手を下ろして、モーニャは思わずブルッとふるえた肩を両手で抱いた。冬の京都の冷え込む夜にパンジャビドレスは薄すぎる。踵を返してレストランの中へと戻りかけたところで後ろから名前を呼ばれた。振り向くと香夜子が立っていた。モーニャは慌てて腕時計を見た。もう十時を過ぎている。

「どうしたんですか、こんな遅くに」

問われた香夜子は何かを言いかけたけれど言い淀んだ様子で、口をつぐんだかと思うと、くしゅんと、くしゃみをした。

「とりあえず寒いから中に入りましょう」

モーニャがそううながしたら香夜子は少し迷った様子を見せたあと、レストランの中へおずおずと入って来た。閉店時間にはまだ少し間があったけど、店内に残った二、三組のお客さんはみんなテーブルを立ち始めている。

新しいお客さんかと思ったのかキッチンからオーナー兼シェフのインド人のアイラが顔を覗かせた。わたしの友達なんです、というモーニャの言葉にアイラはちらっと時計を見てから、もうあがってもいいわよと頷いた。

「ありがとう、アイラ。香夜子ちゃんは、ちょっとここで待っててください。すぐに着替えてきますから」

空いたテーブルに香夜子を座らせてモーニャは足早に着替えに向かった。狭いトイレの中で手早く着替えてから洗面台の鏡に目をやる。ニッコリと笑顔を作ってみる。うまく自然に笑えているかわからなかった。気を取り直してトイレを出てテーブルに戻ったら、アイラが香夜子にチャイを運んできてくれていた。

「よかったら飲んでって」

アイラの口調はそっけなかったけれど、チャイが入ったティーカップからはほかほかと温かな湯気が立っている。無口でそっけないけれどアイラはいつもこんな風にさりげない優しさを見せてくれる。

「こんな遅くにどうしたんですか。巧先生は心配してませんか?」

チャイに目を当てたまま香夜子が頭を振る。

「お父さんには遅くなるって言ってある」

と言われても、もう十時をとっくに過ぎている。高校生が出歩くには遅い時間だ。さすがに心配しているだろうから、一緒にいるとわたしから電話をしてみようかとモーニャは言ってみたけれど、大丈夫だからと香夜子は頑なな仕草でまた頭を振る。

「ボーイフレンドと喧嘩でもしましたか？」

香夜子がさっきから膝の上で大事そうに持っているプレゼントらしき包みに、モーニャは気づいていた。いつもとは違う香夜子の様子に、もしかしたら何か理由があって好きな人にバレンタインのプレゼントが渡せなかったのかなと、モーニャは思った。

「ボーイフレンドなんていいてへんし」

香夜子は少し怒ったような声でそう言ってから、これ、モーニャにと、膝の上の包みを藪《やぶ》から棒にモーニャに差し出した。

「わたしに？」

思わず裏返った声が出てしまった。あまりにも思いがけないことだった。

「鳥のミルク作ってみた」

少し俯いてそう言う香夜子の声はまだ強張ったままで。

「鳥のミルク？」

「うまくできたかわからへんけど」

香夜子が心細そうな顔でモーニャを見る。

「ありがとう。うれしいです。開けてみてもいいですか？」

箱にかかった細い金色のリボンをほどいて、モーニャがそっと箱の蓋を開けたら、小さなチョコレートケーキがちょこんとおさまっているのが見えた。

「わぁ、かわいい。ありがとう。とっても嬉しいです」

モーニャは自分の頬にぽっと熱が灯るのがわかった。嬉しいとすぐにこんな風に子供みたいに顔が赤くなってしまうのが恥ずかしくて、今食べてもいいですか？　一緒に食べましょう――、そんなことをモーニャは早口で言って香夜子の返事も待たずに席を立ってキッチンへと向かった。

「ケーキを持ってきてくれました。アイラも食べますか？」

キッチンの片付けをしているアイラにモーニャは声をかけてみた。アイラは赤い顔をしてお皿やカトラリーを用意するモーニャにちらりと目をやってから、いらないと、短く答えた。

そおっとお皿に移されたケーキはチョコレート色につやつやと光っている。半分こしましょうと、モーニャがナイフを入れると、ぷるんとした感触が手に伝わってきた。切り口から真っ白なケーキ地がのぞく。

いただきますと手を合わせて、モーニャは鳥のミルクを口に運んだ。口に含んだ途端、マシュマロのようにふわりと溶ける口どけのよいケーキ地と、とろりとしたチョコレートが口の中で溶け合う。こっくりと濃いチョコレートのほろ苦さにレモンの酸味が爽やかな風味を添えている。

「とっても美味しい」

モーニャのその一言に、モーニャの食べる様子を固唾《かたず》を呑むようにして見ていた香夜子の肩の力が少し抜けたように見えた。

「モーニャのおばあさんの鳥のミルクと似てる？」

生真面目な顔をしてそう訊ねる香夜子に、モーニャは一瞬迷って、

「あまり似てません」

と正直に告げた。案の定、香夜子は少し悲し気に眉を下げたけれど、

「でも、この香夜子ちゃんの作ってくれた鳥のミルクもとても美味しくて大好きです」

と、モーニャが心をこめて素直な感想を伝えた途端、香夜子の目がぱっと明るくなった。

初めて会ったとき、艶のある真っ直ぐな黒髪に小づくりの整った顔をしている香夜子は美しい日本人形のように見えた。姿形だけでなく、知り合って最初のうちはあまり感情を表さず、モーニャに打ち解けてくれない様子は本当に人形のように見えた。それがいつの間にかこんな風に気持ちを正直に表すようになってくれたのが、モーニャの目には嬉しいこととして映っていた。その香夜子が作ってくれた鳥のミルクをまた一口食べてしみじみと味わう。

「ずっとおばあさんの作った鳥のミルクを恋しく思ってましたが、ポーランドに帰ったら今度はこの香夜子ちゃんの鳥のミルクがきっと恋しくなると思います」

「え？　ポーランドに帰るん？」

ようやく自分も食べようと鳥のミルクを口に運びかけた香夜子の手が宙に浮く。

「なんで？　籠がもうすぐ出来るから？」

香夜子がひたむきな目を真っ直ぐモーニャに向けてくる。

「籠が出来ても出来なくても帰らなくてはいけないんです。一年の予定で留学に来たので」

「そんな——、いつ帰るん？」

「四月の初めに」

「四月——、そんなもうすぐ？」

そう言うと香夜子は俯いてしまった。見るとポロポロと涙をこぼしている。

「泣かないでください」

いたたまれなくて香夜子の頭にそっと乗せた手の下で、香夜子がびくっと身体をふるわせた。

「帰らんといて」

俯いたまま香夜子が言った言葉がモーニャの胸に迫る。

「ずっといてほしい」

香夜子が椅子から立ち上がった。ひたむきな目を真っ直ぐモーニャに向けてくる。

涙でキラキラとした香夜子の瞳に自分の顔が映っている。答えようとしてもモーニャの中で膨らんだ気持ちは言葉にはならず、ただ塊のようになって喉のあたりでつっかえて出てこない。

「わたしは――」

そこまで言って口ごもった香夜子の視線がモーニャの後ろにすっと流れた。身じろぎも出来ずにいたモーニャがその香夜子の視線を追って振り返ると、キッチンの入り口にアイラが立っていた。

「追いかけて」

アイラに短くそう言われて向き直ると、香夜子があっと言う間に逃げるような慌ただしさでレストランのドアから出て行くのが見えた。

「待ってください」

モーニャは慌てて後を追った。カランカランとドアベルが続けて賑やかに鳴ったあと、レストランの中は急にしんと静かになった。テーブルの上には香夜子が結局手をつけなかった鳥のミルクがポツンとテーブルに残されていた。少し躊躇った様子を見せてからアイラがそっと口に運んだ。

「おいしい」

そう呟いて香夜子とモーニャが出て行ったドアに目をやったアイラの顔には少し淋

しそうな微笑《ほほえみ》が浮かんでいた。

*

学校をさぼるなんて香夜子にとって初めてのことだった。けれど、今日、モーニャがポーランドへと発《た》ってしまうことを知ったら、もう一度会いたいという気持ちを押さえられなかった。

それを教えてくれたのはモーニャがアルバイトをしていた、あのインディアンレストランのシェフのアイラだった。

あのバレンタインの夜、香夜子の中では色んなことが、いっぱいいっぱいになってしまっていた。思い悩みながらも勇気を出して鳥のミルクをモーニャに渡しに行ったことも、ポーランドに帰ると聞かされて思わず自分の気持ちを迸《ほとばし》らせかけたことも、大きな間違いのようで、どうしていいかわからず逃げ出してしまった。逃げ出した自分がまたひどく子供じみているようで恥ずかしかった。もしモーニャが追いかけてきても見つからないようにと、路地を何度も曲がって走った。息が切れそうになってようやく香夜子は立ち止まって振り返ってみた。モーニャの姿は無かった。

——追いかけて来てくれへんかったんや。

香夜子はがっかりとした。必死で逃げたのは自分なのに。感情もしていることもばらばらの支離滅裂のような自分を、どうしてよいのかわからなかった。わかっているのはモーニャのことが好きということだけだった。

家に戻ると、巧は香夜子の帰りを心配して待ち侘びていたようだった。香夜子が戻った気配で玄関まで慌てたように出迎えに来た巧に香夜子は一瞬身構えたけれど、香夜子の顔を見た巧はほっと安心したように息を吐いて、あとは穏やかにおかえりと短い言葉を香夜子にかけただけだった。誰とどこに行っていたのか、何でこんなに遅くなったのか、そんなことを全く訊ねないいつもの巧らしさが香夜子にはありがたかった。

そんな巧だったから次の朝もいつもどおりだったけれど、香夜子は次の日から、また工房へは足を向けなくなった。モーニャの反応を見るのが怖かった。香夜子が帰らないでほしいと思わず自分の気持ちをぶつけてしまったとき、モーニャはひどく辛そうな顔をした。どんなことを思っていたのか、それを実際に会ってわかってしまうのが怖かった。

香夜子は、また工房に来なくなったことを巧に何も言われないのにほっとしつつも、実は密かに期待してもいた。前のときのように、自分が行かなくてモーニャが淋しいと言ってると、そんなことを巧が言ってくれないかと。けれどある晩、巧から聞かされたのは香夜子が期待していたような言葉ではなくて、籠が出来上がったから今日がモーニャの最後の日だったと、そんな言葉だった。

そんな日が遠くない日に来ることはわかっていたはずなのに、香夜子はひどく動揺した。巧にはそれを悟られないようにと、溢《あふ》れそうになる気持ちを懸命に抑えた。どんなときも穏やかな愛情で香夜子を包んできてくれた巧だけれど、今、香夜子が抱えている気持ちも受け入れてくれるのかどうかはわからなかった。受け入れるどころか、悲しんだり、ひどく心配したりするのではないかとも思った。

香夜子は途方に暮れた。工房で会えなければモーニャとの繋がりは何もないことを思い知らされた。連絡先も持っていなかった。思いつめているくせに、巧には訊けない香夜子だった。

悔やんで思い悩んだ末に、モーニャのアルバイト先のインディアンレストランを香夜子は訪ねた。学校帰り、まだ開店前の時間に訪ねて行った。何度もためらったあと、準備中の札がかかる扉をおそるおそる押して、香夜子はレストランの中へと入っていった。まだガランとした店内には誰もおらず、カランカランという扉のベルの音に、バレンタインの日にも顔を合わせた、モーニャからアイラと呼ばれていた人が顔を覗かせた。アイラは香夜子を見て、あぁという顔をして、

「モーニャならもうここにいない」

いきなりそんな思いもかけないことを言った。

「ポーランドに帰る前に少し旅したいって」

淋しさと悲しさ、そして情けなさが一気に香夜子に押し寄せて、今は四国《しこく》のどこかにきっといると、アイラのそんな言葉が耳には聞こえていても、頭の中には入って来ない。

会えない間、香夜子はモーニャのことを思っていた。片時も一時《いっとき》も途切れることなく。モーニャに自分と同じ熱量があるとは思っていなかったけれど、また工房に来なくなった香夜子のことを少しは気にはかけてくれているかなと思っていた。

でも違った。香夜子が悶々《もんもん》と思い悩んでいる間にもモーニャはきっと変わらぬ手つきで籠を仕上げて、きっと京都の暮らしだけでなく京都での出来事もすっきりと自分の中から引き払って旅に出てしまったかのように思える。自分の一方通行ぶりがまぬけに思える。

堪えようと思ったけれど涙がほろほろとこぼれ出してしまった。

「そこ」

泣き出してしまった香夜子にアイラがそっけなく言った。一瞬何を言われたのかわからなかったけど、アイラの指が傍らの椅子を指さしているのが、座れという意味だとわかった。どうしよう、帰ってしまおうかと、出口のほうに目を泳がせた香夜子に、いいから座ってと、アイラがもう一度有無を言わせない雰囲気で椅子を指さした。おずおずと香夜子が腰を下ろしたのに軽く頷いてから、アイラがキッチンへと姿を消した。

香夜子の涙がようやく落ち着く頃に、この間と同じようにホカホカと湯気を立てるティーカップをアイラが運んできた。たっぷりと注がれたチャイティーからは湯気と一緒にふわりとスパイスらしい香りが立っている。

「わたしとモーニャは恋をしてた」

いきなりアイラがそう切り出した。突然すぎる告白に目をみはって驚く香夜子に、ほんの少しの間だけと、アイラが付け足す。

——モーニャが女の人と恋をしてた。

自分の鼓動が速くなるのがわかる。どう返事すればよいかもわからない香夜子は、あらためてまじまじとアイラを見る。美しい人だった。今日はまだコック服を着ていないアイラは、シェフというよりはストイックなアスリートのように見える。無駄な肉など少しもついていない、その少し浅黒いしなやかな身体つきと、切れ長で大きな瞳は草原を駆け抜けていく足の速い動物を思わせる。

「モーニャの国もわたしの国も、同性同士の恋はまだまだNG。周りに知られたら自分だけじゃなくて家族も困ったことになってしまうぐらい」

アイラがふっと目を伏せる。長いまつ毛が影を落としてその表情が憂いを帯びる。

「世界はまだ閉じ込められてる恋であふれてる」

閉じ込められた恋――、それは香夜子がずっと感じていたことだった。

初恋は親友の麻沙美だった。他の同性の友達への気持ちと麻沙美への気持ちが自分の中では違うことは感じていた。それも一番の仲良しだからだろうと香夜子は自分に言い聞かせていた。けれど、ある日、麻沙美から好きな男の子ができたと打ち明けられて、香夜子は自分の胸がキリキリと痛むのを感じた。苦しくて怖くて、香夜子は自分の気持ちに向き合う代わりにそれを心の奥に追いやった。

「わたしの家族は知らない。わたしが女性しか愛せないことを。モーニャは家族に言った。そしてとても悲しいことが起こった」

「とても悲しいこと?」

「どんなことかは言えない。でもとても悲しいこと」

アイラが目を翳《かげ》らせる。

「わたしとではモーニャは前に進めなかった」

アイラがふっと淋しそうに笑った。香夜子は胸苦しさに喘《あえ》ぎそうになっていた。耳にしたことの一つ一つがずしりと重かった。香夜子はそれをきちんと受け止めるには、まだ自分も自分の恋も幼稚でちっぽけすぎるような気がした。

「自分とでもダメかもなんて思わないで」

「そんなこと——、わたしになんて無理」

目の前にいるアイラは凛とした強さをたたえた自分よりずっと大人で、そんなアイラがモーニャと叶えられなかったことが自分に叶えられるとは思えない。

「それはあなたひとりで決めることじゃない」

香夜子の心の中を読んだかのようにアイラがきっぱりと言った。

「モーニャが好き？」

鋭い目でそう訊かれて香夜子が観念したような気分で微かに頷いたのを見て、ちょっと待っててと、アイラが席を立ってキッチンのほうへと向かった。

——認めてしもた。自分の気持ちを。まだモーニャに伝えてさえいてへんし、伝えたところでどうなるかもわからへんこの気持ち。何よりモーニャはポーランドにもうすぐ帰ってしまう。

今さらながら自分の恋のあまりに行くあてのなさを、香夜子はらひしひしと思い知らされていた。

冷め始めたチャイに香夜子がしょんぼりと目を落としていたら、

「ポーランドに発つ日と飛行機の時間」

そう言ってメモが差し出された。

「追いかけて」

戸惑う香夜子に短くそう言ったアイラは、もうすぐお店が開くからと、くいっと顎で出口のほうを指した。

戸惑いながらも香夜子は席を立ち、アイラにお辞儀だけして、おずおずと出口へと向かった。

「何度も同じこと言わせないで」

扉を出る香夜子の後ろ姿を見送りながらそう呟いたアイラの顔には、あの夜と同じ淋し気な微笑が浮かんでいた。


あの日から香夜子の中で、行く行かないで毎日気持ちは揺らいだけれど、堂々巡りした思いは結局、会いたいという言葉で締めくくられた。

――この海、見たかなあ。

車窓から後ろに流れる青い景色を見ながら香夜子は思う。もうすぐ空港に着く列車の窓からは大阪湾が見える。

海が好きで日本の海を見てみたいと、モーニャが籠を編みながら話していたことを思い出す。ポーランドは海に面している地域もあるけれど、普段は見ることがないから海を見るとすごく嬉しくなってはしゃいでしまうと言うモーニャに、香夜子は自分もそうと話した。京都も海に面してる地域もあるけど市中に住んでいる香夜子は普段海を目にする機会なんてないから、海を見るとテンションが上がってしまうと、そう言った香夜子に、同じですねとモーニャはにっこりと笑った。他の人とであれば何でもないそんな些細なことがモーニャとならば宝物のようにきらきらとする。

ホームに着いて開いたドアの前で香夜子は一瞬ためらったけど、自分をふるい立たせるようにして、えいっと列車から降りた。降りてしまえば今度は一気にほとんど駆け足になった。ここまで来たのに会えなかったらどうしようという思いに急き立てられて。

空港の、緩やかに弧を描く高い吹き抜けの天井に銀色の骨組みが見える出発ロビーは、大きなクジラのお腹の中にいるように見える。その中を、旅立つ人達がまるで魚が回遊するようにそれぞれの目的地に向かって歩いている。こんなに沢山の人がみんな自分の向かう先を知っているということが香夜子には不思議にも羨ましくも思える。

案内板によるとモーニャの乗る予定の飛行機の便はまだチェックインも始まっていなくて、香夜子はほっとする。

――うまく会えるといいけど。

そう思いながら振り向いたら目の前にその人、モーニャがいた。

「香夜子ちゃん」

お互い驚きでみはった目で見つめ合う。

——会いたかったけど、これはいきなりすぎて困るし。

「どうしたんですか？」

「——会いにきた」

香夜子の口から出てきたのはそんなシンプルな言葉だった。あんなに色々と考えていたことはどこかにとんでしまった。こんな出会い頭にいきなりモーニャが目の前に現れるとは、思ってもなかったから。

香夜子のその言葉にモーニャの顔がぽっと赤くなって、あっと言うように頬を両手ではさむ。

幾度か見たモーニャのその仕草に香夜子の胸はきゅっと詰まる。

「香夜子ちゃんといると、わたしはしょっちゅう顔を赤くしてるような気がします。恥ずかしい、でも会いにきてくれて嬉しいです。今日だってこと、どうやってわかったんですか？」

「アイラが教えてくれた」

モーニャの瞳が大きく揺れた。淋しさと切なさと多分恋しさ、そんな感情の色がその瞳に浮かんだように見えて、あぁと香夜子は思った。

——モーニャはきっとアイラが来るんを待ってた。わたしなんかやない。モーニャの中でアイラへの恋はまだ終わってなんかない。

不安と言いながらも香夜子は実は心の中で期待もしていた。もしかしたらモーニャは自分の気持ちを受け入れてくれるかもしれないと。それは大きな勘違いの一人芝居だったのだと、香夜子は力んでいた自分の身体からへなへなと力が抜けていくのがわかった。

チェックインを済ませ、まだ時間があるからお茶でも飲みましょうかというモーニャの言葉に、香夜子は首を振った。モーニャは少し残念そうな顔をしたけれど、これ以上一緒にいても辛さが増すだけのような気がした。

旅立ちのさざめく人波を抜けて出発口に辿り着いた。お別れの時だった。じゃあとモーニャが差し出した手をためらいながら握って香夜子ははっとする。初めて触れるモーニャの手は思いのほか力強くあたたかだった。ほっそりと白い魚のようなその手はヒンヤリとしているのかと、香夜子は思っていたけれど。

――まだまだわたしはモーニャのことは知らへん。もっと一緒にいてもっと近くなってモーニャのことを知りたかった。

思いが溢れてくる。今にも泣き出しそうな香夜子の頭をモーニャがあやすようにポンポンとする。

「じゃあ、また」

「じゃあ、また？」

怪訝な顔になった香夜子にモーニャも怪訝な顔になる。

「来年の春にまた戻ってきます。アイラ、言ってませんでしたか？」

信じられない言葉に呆然《ぼうぜん》としながら首を振る香夜子に、モーニャがにっこりとする。

「待っていてください」

何が何だかわからない香夜子を置いて、最後にそう言ったモーニャが何度か振り返って手を振りながら出発口の向こうへと消えた。もう堪えきれなくなった思いと涙をぽろぽろとこぼしながら香夜子はただ必死に手を振り返した。

＊

青い海にきらきらと光りが反射しているのが見える。一年でこんなに離れがたい気持ちになったのを嬉しいようにも切ないようにも思いながら、モーニャは窓の外にじっと目をやる。最後に見た香夜子の顔が浮かぶ。空港でよかったと、モーニャは思った。でなければ危うく抱き寄せてしまいそうになっていた。

鳥のミルクに託された香夜子の気持ちに気づいてから、どうしていいのかずっとわからなかった。香夜子のことを傷つけたり悲しませたりしたくないということだけは、はっきりとしていた。

そんなの誰にもわからないとアイラは言った。立ち止まったまま見えるのは、ずっと変わらない今の景色と過ぎてしまった日々の景色だけ、幸せの景色も悲しみの景色も前に進んでみなければ見えてこないと。

それでもまだモーニャは自分の中でばらばらになった色んな思いを整えたくて旅に出た。それは簡単なことではなくて、香夜子のことを思う時間がただ増えただけだった。答えが出ないまま出発の日になって、これからのことは来年の春までの宿題にしようと、そんなことを思っていたところに香夜子が現れた。一目見てモーニャはあきらめた。もう自分の恋心にこれ以上抗《あらが》えないと。

どんどん高度を上げていく飛行機からもうすぐ街が見えなくなってしまう。

香夜子には伝えたいことが沢山ある。香夜子と一緒に籠を編む時間がどんなに幸せだったかということ、好きな人の前だとすぐに顔が赤くなってしまうこと、そして香夜子の作ってくれた鳥のミルクがどんなに自分の頑なな気持ちをとかしてくれたかということも。

雲の隙間からも、もう街並みがすっかり見えなくなってから、やっとシートにもたれたモーニャは胸元にそっと手をやった。いつもずっと身につけてきた銀のロケットペンダント。その馴染みのある感触。これをようやく外せる時が来たような気がする。

もう振り向かないで、前へ進んでと、ロケットペンダントの中に納まっている写真の、もう永遠に会えなくなったその人の声が聞こえた気がした。きっと喜んでくれているような気がする。この空のもっと上で、とモーニャは思いながら目を閉じる。その目尻からすうっとひと筋、涙が流れた。

〔第六章〕

アイラと鶴子の麦代餅

——京都のおやつ

松ぼっくりにぱっと火がついた。パチパチと火がはぜる音と一緒に薄い煙が漂い始める。うまく空気が通るようにと、アイラは丁寧に薪《まき》をかまどの中にくべていく。見る間にもうもうと勢いを増した煙がアイラの目の奥をツンとさせるけれど、更に薪をくべる。目をしばたたかせながら辛抱強く見守るうちに薪は炎に包まれ出す。

立ち昇る煙をたどって見上げると、かまどの上の煙抜きの小窓の向こうには雨がしとしと降っているのが見える。まだ梅雨入りはしていないのに今日もやっぱり雨が降ってる。

「雨の日はおくどはんのご機嫌ようないから煮炊きは難儀やで」

鶴子にはよくそう言われた。

「それにしても、あんたが来る日はいつも雨やな」

とも言われた。

確かにそうだった。アイラは特に雨女なわけではないはずなのに、鶴子と顔を合わせるときはよく雨が降った。

初めて会った日も雨だった。

デパートで買い物を終えて外に出ると思いもかけず雨が降っていた。傘を持って出ていなかったアイラは、見てる間にだんだん激しくなってくる雨をどうしたものかと思いながら空をうかがっていた。

四条通《しじょうどおり》に面した四つ角のデパートの前の大きな廂《ひさし》の下で同じように雨に足止めをされたらしい人の中に、鶴子がいた。最初はその座っている車椅子にただ留まっただけのアイラの目が、そこに座る老婦人の佇まいに惹きつけられた。他の雨宿りの人達のように雨空をうかがうことも思案するような風もなく、和服姿ですっと背筋の伸びた姿勢で辺りにゆったりと目をやる様子は堂々としていて、玉座に座る貴人のような雰囲気が漂っていた。

目の前の信号が青に変わって雨に戸惑いながらも人が動き始めた。アイラも渡ってしまおうかと思いながら一瞬迷ったのはこの車椅子の老婦人がこの雨の中どうするんだろうと気にもなったからだった。

そのアイラの目の前で老婦人の膝の上にさっと手がのびた。

「泥棒っ」

老婦人が叫ぶのを耳にするより前にアイラの身体が動いた。老婦人が膝の上に置いていたバッグをひっ摑んで横断歩道を渡って走って逃げようとした黒い後ろ姿のフードをアイラの手が捉えた。次の瞬間、ひったくりの男はもう地面に這《は》いつくばるようにして痛みに顔を歪めていた。その背中をアイラの膝でしっかりと押さえこまれ腕を後ろに捩《ね》じ上げられて。

「おおきに」

アイラから自分の手元に戻ってきたバッグのその感触を確かめるように大事そうに撫でながら、老婦人はお礼の言葉を落ち着いた声で口にした。

その声はその姿から受ける印象通り凜としていて、自分に真っ直ぐに向けられた目には力強い光が宿っていた。ついさっき泥棒にあいかけたことにも、その泥棒が目の前で他の国の人間、しかも女性にねじ伏せられたことにも特に驚きも動揺もしていない老婦人の様子に逆にアイラのほうが驚かされていた。

そんなアイラに老婦人がすっと手を差し伸ばしてきた。それが握手を求めているらしいと気づき、アイラをまた驚かせた。京都に移り住んでもうかなりになるアイラだったけれど、こんな風に日本の人、それもお年寄りと呼ばれる年齢の女性から握手を求められたことはそれまでなかった。

京都の街には外国人が多い。だからといって京都の人達がみな外国から来た人間を歓迎しているわけではなかった。反対に京都に押し寄せる外国人を冷ややかな目で見ている地元の人も少なくはないことにアイラは気づいていた。旅で訪れたときに目にした日本の人の沢山の笑顔は、住んでみればそんなに始終向けられるものではないということもわかった。日本にはガイジンという外国人を指す言葉があってそれが主に先進国の白人のことを指す言葉だということも知った。ガイジンにあてはまらない外国人には友好的でない人がいることも知った。

幼い頃から色々な格闘技をたしなんできたアイラは目の前で起こったことに思わず身体が反応してしまったけれど、ひったくりの男を取り押さえてひと息ついて我に返ったら、自分の助けなんて必要なかったかもしれないと心が急に冷えた。

今までにも幾度かアイラは見知らぬ人に助けの手を差し伸べようとしたことがある。けれど、見知らぬガイジンでない外国人の手は素通りされたり、拒絶されたり、怪しい目で見られたりすることばかりだった。そのアイラにこの老婦人は手を差し伸べている。

訝《いぶか》しむアイラだったけれど、なんとなく腑に落ちた。この老婦人の連れらしい女の人は日本ではない国の人だと見てとれた。その人は、アイラに泣きそうな顔で何度も礼を言い、駆け付けた警官にも、わたしがちょっとお手洗いに行ってた間のことでと涙声で話していて、この老婦人のことを心から思っているのが感じられた。そんな女の人の様子に目を向ける老婦人の眼差しも温かく、二人の間に好ましい繋がりがあることがうかがえた。だからこの老婦人がわたしのような通りすがりのガイジンでない外国人に向ける目にも、隔たりが無いのかもしれないと。

それでもまだ躊躇しながら、そっけなく差し出したアイラの手を老婦人が握った。両手でしっかりと。瞬間、電気が走るような不思議な感覚がアイラを包んだ。

「あん時わたしとあんたの気持ちが通じた」

その時のことを鶴子も後からそんな風に言って、何かを感じたのは自分だけではなかったとアイラを驚かせた。

ひったくりの事件が起こってからほどないある昼下がり、アイラは鶴子の家に招かれた。あの後、あの連れの女の人、アマリアを通して連絡してきた鶴子が、お礼にと言って渡そうとしてきたお金を受け取るのを、アイラは固辞した。それならどうしてももう一度会ってお礼が言いたいからと言って招かれたのだった。

その日も小雨が降っていた。アマリアに迎えられ狭い間口で傘を畳んで中へと入る。京都らしい建物というのはアイラもいつも目にしていたけれど、実際に誰かが暮らす京町家を訪ねるのは初めてだった。

家の奥へと通じる土間の通り道の上は高い吹き抜けになっていて、通り道とそれに面した部屋の分しかない横幅の窮屈さを不思議と感じさせない。灯り取りの窓の格子越しに柔らかい光がさしこんでいる。

自分の育ったインドのヴァラナシの色彩と装飾に溢れた家を思うと、モノクロのように色が少なく余分なものがほとんどないこの古い町家は一見正反対なのに、アイラは不思議な懐かしさを覚えた。

ヴァラナシの家と同じで、この家もきっと長い年月住む人から愛されてきたのだろう。古びているけれど丁寧に手入れされてきたのが見てとれる家の、そこかしこに年とともに重ねられてきたその思いが見える気がする。

家と同じように通り道に沿った細長い台所は、ところどころリフォームされているけれど、その片隅に古びた竈《かまど》らしきものがあるのがアイラの目に留まる。

「これまだ使ってるの？」

竈を指さしたアイラに、

「もう使ってないのヨ」

手入れはしてるんだけどネと、アマリアが少し残念そうに言う。と、竈の後ろからにゃあと一匹の猫があらわれた。

「あら、レガロ、またそこにいてたのネ」

くすくす笑うアマリアを見上げて、レガロと呼ばれたキジ猫がにゃあと返事をする。

アマリアに頭を撫でてもらって嬉しそうにその足元に擦り寄ってきていたけれど、

「ここから先は来たらだめヨ」

と、アマリアがひと差し指で台所と家の奥へと続く通り道の境目を指し示すと、言われたことをちゃんと理解したように、アマリアが指さしたあたりにレガロはちょこんと座って、尻尾をきれいにくるりと巻いた。

「賢い猫ね」

さらに家の奥へと進みながら、まだ座ったまま見送るレガロを振り返ってアイラがそう言うと、

「いつもではないけどネ」

とアマリアが笑った。

「でも鶴子ママの言うことはいつもちゃんと聞くのヨ。レガロは子猫のときに鶴子ママに助けてもらったの。香港から一緒に連れてきてもらって、きっと幸せだと思う。鶴子ママ、猫アレルギーだから家の奥のほうには入らせてもらえないけどネ。台所は天井が高いからレガロがいても鶴子ママのアレルギー大丈夫みたいで。いつもあそこにいるのヨ」

自分のことを話されてるのがわかっているのか、聞き耳を立てるようにレガロの耳がぴくぴくと動いているのが見えた。

まだ会ったのは一度きりの鶴子の力強い印象と、猫アレルギーという意外な弱点と、さらに子猫を助けたという話がアイラの中でうまくまとまらない。どんな人なんだろうと思いながら、アマリアの後についてさらに奥へと進むと、通り道の一番奥に面した部屋で高椅子に座った鶴子が待っていた。

「ようお越し、早うおあがり」

そう招かれて座敷に上がると左右に開かれた障子戸の先に思いがけず庭があった。

そんなに広くはないけれど小さな池がありその脇に立つ灯籠《とうろう》と緑の木々、地面を覆う苔《こけ》は小雨の中しっとりと光っている。

幼い頃に大好きな祖父母や叔父家族も一緒に暮らしていたインドのヴァラナシの家にも中庭があった。狭い入り口からうす暗い廊下を抜けると一気に光が溢れて、中庭を囲んだ回廊を他の子供たちと一緒に駆け回っていた。いつもそこにいる家族の誰かしらに見守られながら、幸せと笑い声が満ちていたあの場所。

目の前の静謐《せいひつ》な空気に包まれた庭と思い出の中の光に満ちたヴァラナシの中庭はまるで反対のようなのに、アイラの胸はまた不思議な懐かしさに包まれた。

「麦代餅《むぎてもち》や」

アイラが座るなり、床の間に飾られた紫陽花《あじさい》とよく似た薄紫色の着物をしゃんと着こなした鶴子が高椅子から身を乗り出すようにして、机の上の小皿を指し示す。そこには白い半月型の和菓子がのっていた。

「ムギテモチ？」

アイラにとっては初めて耳にする名前だった。

「麦の代わりの餅と書いて麦代餅や」

半月の形に二つ折りされた白いもっちりとした餅からは、その間に挟まれている粒餡がのぞいている。その上には薄い褐色の粉がまぶされている。

「昔々の京都ではなあ、田植えの時期のおやつやったんや。これを食べて気張って田植えしてそのお代は麦と交換。せやから麦代餅。わたしのおじいはんや、おばあはんの代の話やなあ。上にまぶしてあるんは、はったい粉や」

「ハッタイコ？」

それもまたアイラにとっては初めて耳にする名前だった。

「大麦の粉や」

そう言われてもアイラはピンとこない。

「わたしが届けてたんやで。お店で買うた麦代餅を田植えするおじいはんとおばあはんに。麦を刈り取ってその次に田植えと、その時期は目の回るような忙しさやからな、そうやってお店で買うてきた麦代餅を届けてな。田植えが終わったときには無事にひと息つけるお祝いやって、おばあはんが麦代餅をこしらえた。わたしもいっつも一緒に手伝《てつど》うてな。それをみんなでようお気張りやした、お疲れさんって言い合いながら食べるんが常やった。わたしにとっての労《ねぎら》いのお祝い餅や」

その頃を思い出しているのか懐かしそうに細められてた鶴子の目が、アイラに向けられた。

「あんたのお陰でわたしも大事なバッグも無事やった。この麦代餅はわたしのせめてものお礼とお祝いの気持ちや。食べてくれるか。こんなんもうても、しゃあないやろうけど、あんたお礼受け取ってくれへんのやもん」

　鶴子の手元にはあのときアイラが取り戻したバッグが置いてある。古びた帯のような生地で作られたそのバッグを大切そうに撫でながら鶴子が不服そうな顔になったのに、アイラは苦笑いしながら、いただきますと手を合わせた。そっと黒文字を刺し入れると、白い餅の皮はその厚みから想像していたのとは反してふわりと驚くほど柔らかい感触がした。黒文字でつけられた切り目から覗いた粒餡はしっとりと光っている。

一口サイズに切り分けた麦代餅を口に運ぶ。

　口あたりはふわふわと柔らかい餅は、口に含むとしっかりとした弾力があって食べ応えがあった。中に挟まれた粒餡はしっとりと炊き上げられていて、そのほとんど感じないほどの甘みと、初めて口にしたはったい粉のほろりと香ばしさが引き立てあった優しい味が口の中に広がる。

「おいしい」

　その言葉が素直にアイラの口から漏れた。

「そらよかった」

　鶴子が満足そうに頷く。

「けどほんまはなぁ、うちのおばあはんがこしらえてたみたいに、おくどはんで炊いた小豆《あずき》使うてこしらえたかったんやけどなあ、この足やからなぁ。堪忍してもうてガスで炊いた。ほんまはもっともっと美味しいんやで」

鶴子が悔しそうに言う。てっきりお店で買ってきたものかと思っていたアイラは一口食べた麦代餅にじっと目をやった。鶴子の気持ちが心にしみる。

「ありがとう」

ようやくそう言ったアイラに、鶴子がもう一度満足そうに頷いた。


それから時折、アイラは鶴子の家を訪ねるようになった。

ある日は、鶴子がインド料理を食べたがっているというのをアマリアから聞いて作りに行った。

いつもキリッとした和服姿の鶴子は和食しか口にしないのかとアイラは勝手に思っていたけれど、アマリアによると和はもちろん、洋も中もエスニックもとこだわりなく口にするらしい。それは香港に住んでいたからだと思うとアマリアは言った。

香港には世界中の美味しいものが集まってくると、鶴子は言った。北京《ペキン》、上海《シャンハイ》、四川《しせん》、潮州《ちょうしゅう》、広東と中国各地の本場と同じ美味しさが食べられる中華はもちろん、西洋料理もエスニック料理も和食も、本場の味に遜色《そんしょく》の無いものが食べられると。

「香港いうんは不思議なとこやった。ちいちゃいのに色んなもんが、ぎっしり詰まった玉手箱みたいに」

鶴子は香港の話をするときにはひどく遠い目をする。その声にはいつものピシリとした調子とは違って、懐かしさと恋しさと淋しさが入り混じったような切ない響きがある。

鶴子はその玉手箱のような香港で、生まれて初めてインド料理を口にして、その美味しさに目を瞠ったらしい。当時イギリスの植民地だった香港には、同じようにイギリスの植民地だったインドからの移民の人達が沢山住んでいて、インドの色んな地方の本格的な料理が食べられた。京都に戻ってからはその本格的なインドの味をずっと恋しがっていたと、アマリアから聞いた。

何が食べたいかと訊いたら、美味しかったら何でもよろしと、鷹揚なようで実はプレッシャーがかかる鶴子からのリクエストに、アイラはビリヤニを作ることにした。自分にとってお祝いの意味がある麦代餅を用意してくれた鶴子にアイラも、インドではお祝いのときに供されるビリヤニを作ってみることにした。アイラの誕生日にはいつも祖母と母が一緒にビリヤニを作って祝ってくれた。

お米と具材が混ざった一見炒飯《チャーハン》のようなビリヤニは、実は炒めるのではなくお米と具材を蒸して作られる。

愛用の両側に持ち手がついたインドの鉄鍋、アイラのビリヤニ作りには欠かせないパスマティライスという細長い香り米、十種類以上のスパイスを配合した自家製のマサラスパイス、前の日からヨーグルトでマリネしておいた鶏肉に玉ねぎやにんにく、パクチーなどの材料を、アイラがてきぱきと作業台の上に並べるのを鶴子は土間で車椅子の上から興味深そうに見ている。台所の隅、竈の後ろから猫のレガロも顔だけを覗かせて、アイラの動きを目を丸くして追っている。

まずは米を洗う。パスマティライスはつぶれやすいから桶に張った水で優しく洗ってやる。香り米の中でもひときわ香りが強いというパスマティライスからは、湿った土のような匂いがする。

「なんや、けったいな匂いのする米やな。古うてカビ生えてるみたいな」

「鶴子ママ、そんなカビだなんて――」

アイラを手伝おうと一緒に作業台の前に立つアマリアが、鶴子の歯に衣《きぬ》を着せないものの言い方に慌てるのに、アイラは気にしてないよという風に首を振る。インドの米をあまり知らない人のこういう反応にはなれていた。それにアイラは鶴子のはっきりとした性格が嫌いではなかった。

「カビは生えてない。古いお米だけど。インドではお米は古いほうがいい。これは三年以上前のお米」

鶴子は嫌がるかもしれないと思いながらもアイラはそう説明した。日本人は新しい米を好むと知っていたから。

「へー、古いほうがええんかいな。それは知らなんだわ。ところ変わればやな。おもしろいもんや」

予想に反して鶴子は特に気にした風もなくそう言った。むしろわくわくと興味を惹かれたような表情で。鶴子のそんな様子にアイラは鶴子の顔をまじまじと見た。

「どないしたんや」

訝し気に見返す鶴子に、開きかけた口をつぐんでアイラはまた手元に目を戻した。自分の気持ちをうまく言葉にできないような気がして。

しばらく米を浸水させている間に、チキンマサラの用意をする。

どっしりと重たい鉄鍋に油とマサラスパイスを入れ強火にかける。混ぜるうちにスパイスの中の粗挽《あらび》きにされたカルダモンがぷっくりと膨らんできたところに、すりおろしたにんにくと生姜を入れる。強い香りを出すもの同士が、鉄鍋の中で匂いと一緒に風味も一体になっていく。うすい煙りと香ばしい匂いが立ってきたところでマリネされていた鶏肉を鍋に入れる。鶏肉の水分がしっかりととんでしまうまで焦らずに根気よく炒める。

「天職やな」

アイラがきびきびと手際よく作業をするのを飽きない様子でじっと見ていた鶴子にそう言われた。

「神さんが授けてくれはったような、あんたにピッタリな仕事やってことや。あんたの仕事ぶりはキチンと丁寧で心がこもってる。それでいて無駄がない。見てて気持ちがええ」

「テンショク？」

鶴子のそのストレートなもの言いはストレートにアイラの心に響いた。

この頃では、ようやくインドでも女性にもシェフの道が開けてきている。けれど、アイラがシェフを志した十年以上も前は、インドで女性がシェフを目指すのはかなり難しいことだった。

シェフを目指すのであればその修業はインドの外に出なければならず、女性だけれどシェフになりたいというアイラの夢も、そのためにインドを離れて他の国で暮らすということも、アイラを愛してやまない祖父母をはじめとした家族や親戚一同を驚かせ悲しませた。

愛する人たちを悲しませたのは辛かった。そんな中、

「神様は間違ってアイラを女の子にしちゃったのね」

と、母に言われた言葉が、アイラをまた辛い気持ちにさせた。自分を慰めようとして言った言葉だとわかってはいた。けれどアイラは、やましさから家族の誰にもずっと話したことのない自分の秘密のことも言われたような気がした。アイラが恋愛感情

を持つのは女性だった。同性愛がまだまだタブーのインドでは、シェフになりたいとは言えても、自分が同性愛者だとカミングアウトすることはアイラにはできなかった。シェフになりたい、しかも同性愛者の自分の存在は神様の間違いなのかと、心がしんと冷えた。そしてアイラの気持ちを冷えさせたその母からの言葉はいつまでも抜けないトゲのようにアイラの心に刺さっていた。

そんなアイラの胸を、神様からの授かりもののような仕事という、鶴子からの思いもかけない言葉が衝いた。

滅多に泣いたりしない自分の目から、危うく涙がこぼれそうになったのを誤魔化しながらアイラは料理を続けた。

しっかり炒められた鶏肉に水を注ぎ、今度は弱火でじっくり煮込んでいく。その間にパスマティライスの準備をする。

これもアイラ愛用の大きな鍋に、水と幾種類ものスパイスと青唐辛子、レモン汁、油、そしてこれもビリヤニ作りには欠かせないケウラウォーターを入れて火にかける。

「最後に入れたんは何や」

「ケウラウォーター。アダンという花の水」

「花の水てか？　どんな味や」

「味はしない。良い匂いがする」

どれどれと手をのばしてきた鶴子に、アイラから受け取ったボトルをアマリアが手渡す。ボトルの口に鼻を近づけてそっと匂いを嗅いだ鶴子が、なるほど南国の花の匂いやと頷く。自分よりずっと年上なのに、何事にも興味を示してもの怖じのない鶴子の様子はアイラの目にいきいきとして映る。

「これを入れたんで何が出来るんや？　スープか？」

「いや、米を炊く」

「へぇ、こんな色々入った花の水でお米炊くんか。ほんまにところ変わればやなぁ。おもしろい」

古い米のほうがインドではいいと言ったときと同じように、おもしろいと、鶴子は目を輝かせた。

日本人のお米に対する思い入れは深くて強いとアイラはいつも感じていた。これまで、インドの、古いほうがいいという米に関する価値観を話して前向きな反応がもらえたことはほとんどなかった。変だとか妙だとか、それは本当に美味しいお米を食べたことがないからだと、そんなことさえも言われたことがある。日本のお米とインドのお米とどっちが美味しいかと訊かれて当惑したことも少なくなかった。アイラにとってはどちらも美味しかった。全く違う土地の違う文化の中で受け継がれてきた食べものは、それぞれの美味しさがあって、アイラにとってはどちらかがという比較の対象にはならなかった。

わざわざ古米を選んで、しかも見知らぬ花の水で炊くというのを抵抗感もない様子でおもしろいと言ってのけた鶴子に、そのキリリとした見た目の印象からは思いもよらなかった心の柔らかさを感じた。

ぐらぐらと沸いてきた水に笊《ざる》で水切りをした米を入れる。米を茹でている間にマサラチキンを仕上げる。

弱火でじっくり煮込まれて、ほろほろに柔らかくなったチキンの鍋に、ヨーグルトとマサラスパイスをよく混ぜて作ったソースを回し入れる。さらに刻んだ生姜、ミント、パクチー、カリッときつね色に揚げられたひと摑みの玉ねぎ、カップ一杯のミルク、そしてお米を茹でるのにも使ったケウラウォーターを振り入れてかき混ぜながら煮る。少し甘い花の匂いとスパイスの香りとが混ざり合って鍋からエキゾチックな香りが立ち昇る。

「ええ匂いや。お腹空いてきた。もう出来るんか」

「まだもうちょっと」

食べるん楽しみやと、待ち遠しそうな鶴子の様子にアイラは自分の気持ちも自然に浮き立つのを感じた。

パスマティライスの硬めの茹で加減を確かめてから笊で一気に湯切りをする。もうもうと湯気が立つ。その湯気がおさまるのを待ちながら空になった大鍋の底に油を塗る。底にパスマティライスを広げ、その上にマサラチキン、またその上にパスマティライスと交互に重ねてゆく。幾層かのその繰り返しの後、最後の一番上のパスマティライスの上には少し焼き目がつくまで炒められたカシューナッツとレーズン、みじん切りのパクチーとまたひと摑みの揚げ玉ねぎ、そしてケウラウォーターがここでも振りかけられたあと、大鍋の蓋がぴっちりと閉じられた。

ごくごく弱火で蒸し焼きにすること半時間。その後火を止めた状態で二十分。ようやくビリヤニが出来上がった。

奥の座敷で待ちかねていた鶴子の元にアマリアと一緒に運ぶ。ほかほかとした湯気と香ばしい匂いが立つビリヤニに、ヨーグルトに玉ねぎとトマトときゅうりを混ぜて作ったライタというソースを添える。ビリヤニを食べるときにはこれは欠かせない。

麦代餅のお礼に特別なお祝いのときに作るビリヤニを作ったとアイラが説明すると、鶴子はほうと目を瞠ったあと、ほな、いただきますと丁寧に手を合わせてスプンでビリヤニを口に運んだ。キュッと目を瞑《つむ》り、じっくりと味わうように口を動かす鶴子をアイラはじっと見守った。その一口目をごくりと吞み込んだ鶴子がパッと目を開けた。

そして言った。

「ええお味や」

はっきりと力強い口調でそう言われて、アイラは肩の力がほっと抜けた。

「また頼んでええやろか。嫌でなかったら」

言われてアイラは頷く。嫌などころか、まだ知り会って間もないこのキリッとした老婦人にまた料理を作ってみたいとアイラも思っていた。


それからは、アイラは頻繁に鶴子の家に出入りするようになった。鶴子に乞われてインド料理を作ることもあれば、アマリアに教えられながら中華や和食を一緒に作ることもあった。

鶴子は美味しいときはもちろん、そうでないときもはっきりと伝えてきた。忖度《そんたく》のない鶴子の率直さはアイラには好ましかった。出されたものが口に合わないときには、今度作るときはこんな風にしてほしいと、これも率直なリクエストをくれた。そして口に合ってもそうでなくても出されたものは残さず食べ、ごちそうさんときっちりと手を合わせる姿には真心を感じて、アイラの心は穏やかに満たされた。


幾度も通ったあと、初めて見たときから気になっていた竈を使って料理をしてみたいと、アイラは鶴子に切り出した。

「おくどはんで？」

今日はサグパニールというほうれん草とチーズのカレーを、鶴子は満足そうに食べていた。

「別にかましまへんけど、なんでまた」

アイラが幼い頃、祖父母も一緒に住んでいた家には、インドではタンドールと呼ばれる窯があった。炭火を使ってそこで祖母が焼くナンがアイラをはじめ子供たちは大好きで焼き上がったナンを取り合いするようにして食べた。

それが当たり前のようにアイラは思っていたけれど、レストランでもない普通の家にタンドールがあるということはそんなにあることではないと、大きくなってから知った。

父の仕事の都合で祖父母と一緒に住んでいたヴァラナシの家を離れ数年経った頃には、足腰が弱くなった祖母は台所に立てなくなっており、タンドール窯はもう使われることなくガス台の横で眠っていた。

「タンドールで焼いたナンが懐かしい」

インドを離れることになって最後にアイラが会いに行ったとき、祖母はなぜか急にそんなことを言って目を細めた。

わたしが作ってみようかとアイラはどうしても言えなかった。目に入れても痛くないほどに可愛がっていたアイラがシェフになるためにインドを離れることを祖母はことのほか悲しんでいた。その祖母に料理をしてみせるのは祖母を悲しませるかもしれないと思ったからだった。

この家の竈はヴァラナシの窯と祖母のことをアイラに思い出させた。ヴァラナシの家で目覚めさせられなかったタンドールの代わりに、鶴子の家の竈をアイラは目覚めさせてみたかった。

そういった細かい理由はアイラは口にせず、ただ、自分の祖母も古い窯を使っていたから懐かしくて使ってみたくなったと答えただけだったが、

「ほな、使うてみよし。せやけど、おくどはんで雨の日の煮炊きは難儀やで。あんたが来る日はいっつも雨やからな」と鶴子は可笑しそうに言った。

それからアイラは、京都の言葉でおくどはんと呼ばれるその古い竈をうまく使いこなせるようになるために、仕事の合間をみて鶴子の家を訪ねるようになった。どうやらおくどはんの後ろがお気に入りのお昼寝の場所だったらしい猫のレガロは、その周りでガタガタとしだしたアイラを見て、耳をピンと横に向けて明らかに不機嫌そうな顔をした。けれどそれも最初のうちだけで、何度か通ううちにアイラにもすぐ馴れて、竈の前に座りこむアイラから少し離れた傍らで、ごろりと寝っ転がって寛ぐ様子を見せた。

まずはご飯を炊いて練習してみなはれと鶴子に言われて、アイラはご飯炊きの練習を始めた。といっても、火からおこす竈の扱いなど初めてだったアイラは、ご飯を炊

くどころか手早く火をおこせるようになるまでしばらくかかった。手慣れないこともあるが、相変わらず不思議なぐらいアイラが鶴子の家を訪ねるときは雨の日ばかりで、難儀やでと鶴子に言われたとおり、湿った空気が火おこしの邪魔をしているように思われた。火おこしには松ぼっくりが、火の付きも火持ちもよくていいと教えられたけれど、よく乾いていないものを使うと爆《は》ぜるとは知らず、火のついた松ぼっくりが突然ポンッと竈から飛び出して、レガロと一緒に竈の前からとび退いたりした。

そんなことをしながらも段々と手際よく火をおこせるようになったら、今度は火加減で、思うように火を操ることは簡単ではなかった。同じように薪をくべてるつもりでも、おこる火は同じとは限らなかった。

べちゃべちゃだったり硬すぎたり芯が残ったりと色々失敗を積み重ねたあと、やっとつやつやふっくらと自分の満足のゆくように炊けたご飯をこれならと、アイラはついに鶴子に食べてもらうことにした。それまで自分の納得のいかないものは決して鶴子に食べさせようとしなかったアイラに、いけずせんと食べさせてくれたらええのにと、そんなことも言っていた鶴子は、やっと自分の元にご飯を運んで来たアイラに、

「もう待ちくたびれたわ」

と、ふんと鼻をならしたけれど、目の前に愛用の鶴の模様のご飯茶碗によそわれた炊きたてのご飯が置かれると、嬉しそうに目を細めた。いただきますと手を合わせた

鶴子は何にも添えられていない、ただほくほくと湯気が立つご飯を赤い塗りの箸で口に運ぶ。何か初めてのものを食べるときによくするように、きゅっと目を瞑ってゆっくりと味わうように口を動かす。アイラはその仕草をするときに鶴子の両の目尻に出来る皺が好きだった。それはアイラに大好きな祖母を思い出させた。

「お見事」

ぱっと目を開けた鶴子がそう言った。

「ほんに美味しおす」

そう言いながら箸を進めるその口元はほころんでいる。

「次は餡子の炊き方を教えてほしい」

「餡子？」

「竈で炊いた餡子を使って麦代餅を作ってみたい」

アイラは鶴子にまだ言っていなかった、本来の目的を口にした。

「麦代餅を？」

頷くアイラを鶴子が驚いた目で見る。

初めて鶴子を訪ねたときに、自分の祖母がおくどはんで炊いた餡子を使った麦代餅はもっともっと美味しかった――そう言った鶴子の言葉がアイラの心には残っていたからだった。自分がその味を出せるかもしれないというような不遜なことをアイラは思っていなかった。祖母にはタンドールでナンを焼いてあげられなかったアイラは、鶴子のために竈で炊いた餡子を使った麦代餅を作ってみたかった。

口にはしなかったアイラのそんな思いを鶴子が感じとったかどうかはわからなかったけれど、

「おくどはんで練習してたんはそのためやったんか」

と、鶴子は感じ入ったように言ったあと、

「おもしろい。やってみよし」

と頷いた。

竈で餡子を炊くのは、アイラが思っていたよりもずっと手間暇と時間のかかる作業だった。小豆と水と砂糖と塩、それだけのいたってシンプルな具材がほんの少しのタイミングや手間のかけ方、水加減や火加減の違いで、出来上がりがえらく変わってくるのに驚かされた。

小豆はたっぷりの水に一晩浸しておくこと、渋切りという小豆の渋みをとるための茹でこぼしをしっかりすること、渋切りの後しっとりとした餡子に仕上げるため、多すぎず少なすぎずの茹で汁の加減をきちんとはかること、雑味のない仕上がりのため、煮ている間絶えず出てくる灰汁《あく》は傍についてこまめに取り除くこと、甘みをうまく入らせるため、少しの芯も残さずそれでいて柔らかすぎず弾力がある小豆の煮え具合をしっかりと見極めること、鬼ざら糖というざらめと水で甘みづけのためのシロップを作るときは、静かにゆっくりかき混ぜながら決して沸騰させないようにざらめを溶かすこと、そのシロップに煮上がった小豆をまたひと晩つけこむこと、それを翌日煮詰める際には小豆をつぶさないように、木べらで鍋底をなぞるようにしてかき混ぜることと、三日がかりの手間暇の中には、この他にもすぐには覚えきれない事細かな心配りが必要だった。

鶴子は毎回土間の車椅子の上から、厳しくこと細かくそして根気よく、アイラに小豆の扱い方を教えた。

餡子を炊くことはご飯を炊くことの何倍も難しかった。それでもアイラは暇を見つけては鶴子の家に通い、餡子を炊き続けた。ご飯のときと違って餡子は毎回鶴子に味見をしてもらったけれど、思い入れのある麦代餅だからなのか、鶴子は中々これで良しとは頷いてくれなかった。

そんな鶴子の反応を淡々と受け止め、黙々と餡子を炊き続けたアイラだったけれど、ある日炊き上がった餡子に、

「ええ出来や」

と鶴子がついに頷いたときには、珍しく心がゆるみそうになった。

そのやっと鶴子から合格点をつけてもらった餡子を使って、アイラは初めての麦代餅を作った。

麦代餅の餡子をくるむ餅の皮は、餅粉とうるち粉を湯で捏ねて作る。ひたすらに捏ねるのに時間はかかったけれど、餡子に比べるとその作り方はずっとたやすい。木べらで持ち上げると、つきたての餅のように柔らかく伸びるようになるまでしっかり捏ねたら、片栗粉をまぶした台の上で麺棒で薄くのばして小判形に整える。その表も裏も刷毛で丁寧に片栗粉をはらい落としたら、白くつやつやとした餅の皮になった。

そっと手の上にとってみる。麦代餅を初めて食べたときのことをアイラは思い出す。驚くほどふわふわと柔らかかったあの食感。今手の平にのせている餅の皮も頼りなさげに感じるほどふわふわとしている。その真ん中にやっとできた俵形にまとめられた餡子をのせて、そっと二つに畳んだら、薄白い半月みたいな姿になった。アイラは少し感慨深い気持ちになりながら、仕上げのはったい粉を茶こしを使ってふりかけた。

竈を使って作った麦代餅がようやく出来た。

目の前に供された出来たての麦代餅に、いつもより少し長くいただきますと手を合わせた鶴子が、黒文字で麦代餅を口に運ぶ。目をきゅっと瞑ってゆっくりと味わう鶴子の見慣れた表情をアイラはじっと見守る。

「ええお味や」

今日は目を瞑ったままそう言う鶴子の声は珍しくしみじみとしている。

「ようお気張りやした」

開けた目をアイラに向けて、しみじみとした声のまま鶴子にそう言われてアイラはふうと肩の力が抜けた。

「おくどはんで炊いた餡子はやっぱり格別や」

またもう一口を口に運びながら鶴子が満足そうに言う。ことの成り行きを一緒に見守っていたアマリアも笑顔になる。けれど、

「懐かしい味ですか？」

アマリアにそうニコニコと訊かれた鶴子は、

「いや、懐かしい味ではない」

と、きっぱりと首を振った。

そうはっきりと言われると、アイラは気落ちせずにはいられなかった。鶴子の祖母が作っていたそのままの味を出せるとはアイラも思ってはいなかったはずだったけれど。

自分の祖母の顔が浮かんだ。もしあの古いタンドールで祖母のためにナンを焼いていたとしても、祖母が懐かしんだ味は自分にはきっと作れなかっただろうし、ただ祖母を悲しませるだけだったかもしれないと、アイラは辛くなった。

人前で泣くことなどしない自分の涙を、うろたえながら拭うアイラの手を鶴子が握った。

　鶴子の気遣わし気な声に、自分の目から涙がこぼれているのにアイラは気がついた。

「どないしたんや」

「どないしたん？」

　鶴子の声が親身な響きを帯びる。

「懐かしい味を作れなかった」

　心の中では色んな気持ちがせめぎあっていたけれど、言葉の壁もあり心の壁もあり
そう言うのがやっとのアイラに、鶴子があぁと声をもらす。

「そんなことを思うて作ってくれてたんか」

　鶴子がまじまじとアイラを見て、それはえらいおおきにと、ぎゅっとアイラの手を
握りなおす。

「けどな、うちのおばあはんの麦代餅は、世界中の他の誰が作ってみてもあれと同じ
味《おんな》にはなれへん。わたしにとっては特別なんや」

　何かを思い出すように一瞬宙に浮いた鶴子の目が、またひたとアイラを見据える。

「あんたが作ってくれたこの麦代餅もな、わたしにとっては特別や。わたしのことを
思うて苦労して作ってくれたこの味は、他の誰にも作られへん。おばあはんの味をず

っと覚えてるように、あんたが作ってくれたこの味もわたしはきっとずっと覚えてる。覚えてるだけやなくて思い出す度《たんび》に幸せな気持ちになれる。心のこもった料理というのは、そうやって人の心に残っていくんや」

ほんまにおおきにと、鶴子が深々と頭を下げた。

アイラは止まっていた涙がまた危うくこぼれそうになった。自分の作ったものが誰かの心に残って思い出す度《たんび》に幸せな気持ちになれる――、そんなことを思ったことはなかった。自分がシェフをしていることが家族を悲しませているということへの後ろめたさから、大好きなはずの料理をしていてもアイラの気持ちはいつもどこかしんと冷えていた。それが今、鶴子の言葉で思いもかけない温かさに包まれている。それを確かめるようにアイラは自分の胸にそっと手を当ててみた。そこにある今の自分の気持ちを言葉にして鶴子に伝えたかったけど、すぐには言葉にならない。

縁側の向こうの庭に、細い針のような雨が地面の苔に吸い込まれるようにして降っている。音はほとんどしないけれど雨の匂いがする。鶴子に出会ってからアイラは雨が好きになった。

「ありがとう」

アイラがやっとぽつりと言えたのはそんな一言だった。

「ありがとうって何がやのん」

問い返されてアイラは言葉に詰まる。

「――、竈を使わせてくれたから」

ようやくそれだけを口にする。

「そんなん、うっとこかて使うてもうて、ありがたかったんやで。そう言えば」

と、鶴子がくるりと目を動かす。

「あんた、おばあはんの窯が懐かしいって言うてたな。それも使うてみたらええやないの」

良いことを思いついたと言いたげに顔をほころばせた鶴子だったけれど、アイラにとっては思いもかけない言葉だった。

「そんな鳩《はと》が豆鉄砲食らうたような顔せんでも。それ使うてなんか作ってあげよし。きっと喜びはるで」

戸惑って返事も出来ないアイラのことなど気にもかけぬように、よし決まりとパンと鶴子は手を打った。

ポンッと松ぼっくりが爆ぜた。竈から勢いよくとび出してきた松ぼっくりをよけてアイラはとび退いた。傍らでゆったりと寝転んでいたところを驚かされた猫のレガロのその尻尾が、ぶわっとサボテンのように膨らんだ。

ポンッという音が、あの日鶴子が手を打ったときのパンという音をアイラに思い出させた。

あの日をきっかけに、頑なだったアイラの気持ちが段々に溶けて、そしてついにはヴァラナシを訪ねてタンドールで祖母のためにナンを作るまでは、けっしてすんなりとはいかなかったし、随分時間もかかったけれど、あの日、アイラの背中を押してくれた鶴子の言葉はその後も、アイラの気持ちを支えてくれた。

十数年ぶりに火をおこしたタンドールでアイラが焼いたナンを口にした祖母は、美味しいと言いながらぽろぽろと涙をこぼした。そして言った。幸せだと。

「もうすっかり火をおこすのは慣れたかと思ったけど、まだ松ぼっくりを爆発させてしまうことがあるのネ」

アマリアがまだ尻尾を膨らませているレガロの頭を大丈夫だヨ、びっくりしたネと撫でてやりながら笑う。

「鶴子がいたらきっと呆れられてた」

土間の上、もうその主がいなくなった車椅子にアイラは目をやる。

――ただでさえ面倒くさい餡子をおくどはんで作りたいやなんて、ほんま物好きや。

そんなことを言いながらも、車椅子にしゃんと座って餡子の作り方を手取り足取り教えてくれた鶴子の姿が浮かぶ。思い出すとまだすぐに泣いてしまいそうなのを紛らわそうと、アイラは薪をくべる手元に気持ちを戻す。

鶴子の月命日にはいつも、鶴子に供えるためにアイラは麦代餅を作る。

「捏ねても捏ねてもまとまらへん」

作業台では麦代餅の餅皮の用意の手伝いを買って出たスミレが情けない声を出す。

アマリアはそれも鶴子が好きだったという湯丸という香港の白い団子のスイーツを作っている。

アイラとアマリアとスミレ、それぞれが鶴子への思いを胸に手を動かす。

もし鶴子さんに出会っていなければ私の人生はどうなっていたんだろうと、スミレは折にふれ、そう口にする。

それはアマリアも、そしてアイラも同じ思いだった。自分たちみんなそれぞれが鶴子に手を引かれたり、背中を押されたり、手を差し伸べられたりして立ち止まりかけていた人生をまた歩き出すことができた。

今はこの家にアイラとアマリアとスミレ、そしてレガロの三人と一匹で住んでいると言ったら鶴子はどんな顔をするだろうか、また物好きなと呆れるだろうか。

そろそろ竈の火が落ち着いてきた。餡子の最後の仕上げを始めなくてはならない。

「お気張りやす」

鶴子のキリッとした声が聞こえた気がする。アイラは小さく頷いて、手の中の木べらをしっかりと握りなおした。

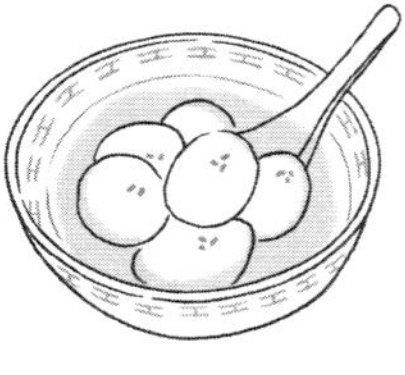

〔最終章〕

ル・トレゾール

――みんなの宝物スイーツ

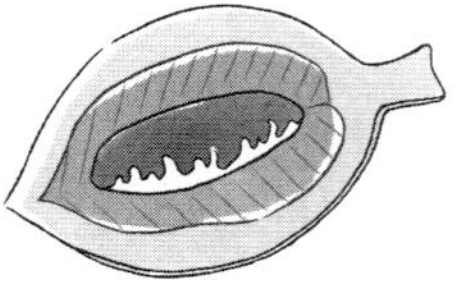

京人参が手に入ってよかったと思いながら、リコはもうほぼ出来上がってるガジャルハルワをちょっとつまんで味見する。

――うん、美味しい。

自然に口元がほころぶ。

今年の冬は暖かかったせいか桜の咲くんが遅い。もうすぐ四月という、ここ二、三日で、ようやくあちこちで蕾《つぼみ》が開き始めた。

明日、淳平くんのパティスリーが開店する。

キリコと一緒にバヌアツに移ってから三年、もうてっきり日本には戻って来え《け》へんのかと思うてたから、二人の帰国はびっくりしたけど嬉しかった。たかが三年、されど三年、小学生の頃からの仲良しのキリコとすぐに会われへんのは、ひどく淋しかった。

「ママ、ガジャルハルワ、出来た？」

大好きなガジャルハルワの匂いに、さっきから何べんもキッチンをのぞきに来てた息子のクリが、待ちきれへんのか、つまみ食いしようと手をのばしてくる。

「こら、火傷《やけど》したらどないすんの。もうちょっとだけ待ちなさいんか」

いなしながら出来たてのガジャルハルワをフライパンからお皿に入れてやる。

「いっつも、ビリは先に食べてずるい」

流し台に置かれた自分のお皿から、嬉しそうに自分用のガジャルハルワを食べてた猫のビリが、クリの声にちょっと振り向いたけど、好物を食べるときのニャガニャガという鳴き声を立てながら一心にお皿に顔をつっこむ。見ると、クリもあっと言う間に平らげて、お代わりをしようとお玉を手にとってる。

「あかんで、これは明日、淳平おじさんのお店のお祝いのパーティーに持って行くんやから」

「淳平おじさんのっ？」

クリが目をキラキラさせる。クリは淳平くんのことが大好きやった。子供同士やから気が合うんやわって、キリコが呆れて笑うほどに。

「ほな、僕、お代わりせんと我慢する」

なめたみたいに綺麗になったお皿を流し台に運びながらそう言うたクリの、一大決心のような口調にあたしは思わず笑うた。

le trésor ——金色の文字で綴られたお店の名前が浮かんでる入り口のガラス戸を、マドがそっと引いたら、チリリンというドアベルの音と一緒に、スイーツの甘い匂いが漂い出した。待ちきれずに飛び込むクリに続いてお店の中に入ったら、

「よう、リコちゃん」

シェフコートを着た淳平くんが、ちょうどキッチンからスイーツののったトレイを持って出て来た。

「うわぁ、淳平君、えらい、しゅっとしてる」

普段、ヨレヨレのTシャツ姿の淳平くんしか見たことないあたしの目には、真っ白でパリッとしたシェフコートを着た淳平くんは見違えるように晴れやかに映った。

いつもなら飛びついてくクリも、いつもとはちゃう淳平くんの姿にポカンとしてる。

「馬子《まご》にも衣装やろ」

淳平くんからトレイを受け取りながらキリコが茶々を入れる。そういうキリコも、普段は着いひんようなシックなワンピース姿で。

「キリコも素敵やで」

「言われんでも知ってる」

憎まれ口で返したキリコやったけど、

「いよいよ開店やね、おめでとう」

あたしがお祝いの言葉を口にしたら、ありがとうと、キリコはちょっと涙ぐんだ。

バヌアツに移ると決心した淳平くんについていったのは、キリコにとって大きな決心やった。

バヌアツで自分の思うようなカカオを見つけ、それを使ってチョコレートのデザートを作るという淳平くんの夢に寄り添って一緒に生きていこうと、仕事を辞め、家族や友達や生まれ育った京都から遠く離れたキリコやった。

　バヌアツでの暮らしは思うたよりも性に合うて楽しかったけど、しんどいことや不安なことも同じくらいあったと戻ってきたときにキリコは言うてた。辛いときには永遠のように長《なご》う感じたけど、振り返ればあっと言う間で、けど、めちゃくちゃ濃い三年やったとも。

　淳平くんやキリコのバヌアツでの苦労を直接そばで見てたわけやない。あたしの知ってることなんて、ほんのちょびっとやろう。それでも、今こうして、開店を待つばかりにすっかり準備が整うたお店の様子に思わず胸が熱くなる。

「ええお店やね」

　あたしの言葉に淳平くんが満足そうに頷く。

　昔からあるこじんまりとした昭和レトロな雰囲気の喫茶店を、オーナーのおばあちゃんがもう隠居するということで手離すことにしたんを、淳平くんが見つけた。

　つやつやと年季の入った飴色の木のカウンターや、ステンドグラスがはめられた窓や、紅いビロード張りの椅子は、時を経たからこその温《あった》かい雰囲気を作りだしていて
「俺のスイーツを食べながら、ほっこりと出来るようなお店にしたい」

　そう言いながら店舗探しをしているとキリコから聞いてた淳平くんのイメージどお

りのお店に思える。

「おはようございマス」

明るい声と一緒にキッチンからアマリアが出てきた。アマリアも胸元に le trésor と刺繡《ししゆう》された真新しいパティスリの制服を着ている。アマリアは、キリコと一緒によう通うてたインド料理屋さんのシェフのアイラから紹介された。聞けばアイラと一緒に住んでいるというアマリアは、誠実で働きもので信頼できると聞いていたとおり、いや、それ以上に、明るくて気働きもできて、淳平くんとキリコ、そしてあたしもすぐに好きになった。

「リコさんのデザートは何ですか?」

あたしのタッパーを大事そうに受け取りながらそう訊いたアマリア、インドのガジャルハルワという人参のデザートだと答えたら、クリが横から、僕の大好物だよと口をはさむ。食べたことないデス、楽しみデス、それに思い出を聞くのもと、アマリアが嬉しそうに笑う。

開店の前の日に、親しい人とお祝いをしたいと、キリコと淳平くんはプレオープンパーティーをすることにした。それが今日やった。

キリコから、淳平くんももちろん用意するけど、招かれた側も、出来合いでも何でもええけど、何か思い出のあるスイーツを持ち寄る、ポットラックならぬスイーツラックパーティーにしたいって、そう言われてあたしはガジャルハルワを作ってきた。

「スイーツラックって、ええアイデアやね」

「さすが、うちやろ？　甘い思い出のあるスイーツを持ち寄って甘い幸運を祈る――我ながらええ考えすぎるわ」

キリコが得意気に鼻を膨らます。アマリアがカウンターの向こうで、ボウル皿にあたしのガジャルハルワを綺麗に盛り付けてくれてる。

「ガジャルハルワ、もうしょっちゅう作ってて日常の一部みたいになってたけど、昨日は、マドのお母さんのために初めて作ったときのことを思い出しながら作ったりして、なんか、しみじみ、ほっこりした」

あたしの言葉に、ほんとに懐かしい思い出ですねと、マドも頷く。

今日これから来る人らも、それぞれのスイーツを手に取って、ひと時、大切な思い出に心を馳《は》せたやろう。

「しみじみ、ほっこりかぁ、俺のスイーツでそう思うてくれる人できるやろか」

淳平くんが感慨深い声を出したんに、

「絶対できる」

と、あたしとキリコの声が見事にピタリとはもって、みんなで笑うた。

チリリンと、また控え目なドアベルの音がした。アイラと、アイラの店で以前ウェイトレスのバイトをしていたポーランド人のモーニャ、そしてスミレさんが入ってきた。

「私までお招きいただいて――。これスペインのポルボロンというお菓子です」

「何、言うてんのん。注目のフラメンコダンサーさんに来てもらえて光栄やわ」

スミレさんが遠慮がちに差し出した紙袋を受け取ったキリコがにっこりする。

「注目の――?」

助け舟を求めるように、もの問いたげな視線を向けてきたスミレさんにアイラが黙って肩をすくめる。

「この間、タウンペーパーで見た。街の注目の人のコーナーに載ってはったやん。アイラ、何も教えてくれへんのやもん」

スミレさんとは二度ほどアイラのお店で顔を合わせた。アイラらしく、わたしとアマリアの同居人というそっけない紹介の仕方しかせえへんかった。少し言葉を交わしただけやったけど、すっと姿勢がよくて、そのくせどこか儚げな雰囲気が漂うスミレさんは、あたしとキリコに好ましい印象を残した。そのスミレさんが、ついこの間、この街のタウンペーパーで、注目のフラメンコダンサーとして紹介されてるんを見つけてキリコは大騒ぎしたとこやった。

「注目なんて全然。あれは高校のときの同級生がたまたま、あのフリーペーパーの編集でパートしてるから載せてもうただけで――」

「けど、してはるフラメンコクラスは人気で順番待ちなんやろ？」

「まぁ、おかげさまで」

畳みかける勢いのキリコにスミレさんが面映《おもは》ゆい顔になる。

「今日は来てくれてありがとう。今度は、レストランのショーのほうに僕らがお邪魔します」

淳平くんの言葉に、はい、ありがとうございます、是非と、スミレさんが笑顔になる。

「せやから、そのフリーペーパーのお友達、紹介してくれる？　このお店も宣伝してもらわなあかんし」

キリコがそんなちゃっかりとしたことを言うたのに、アイラがまた軽く肩をすくめながら、手元の袋をそっけなく差し出す。

「わたしからはパパド。スイーツじゃないけど、キリコ、これが好きだから」

「スイーツやないけど、うちのことを思う気持ちはスイートやということで、セーフにしたげるわ」

そんなことをキリコに言われても、アイラの表情はいつものごとく変われへん。けど、その無口で取り付く島もないほどそっけないアイラの内側には周りの人への深い愛情があることを、キリコもあたしも知ってる。

「スイーツは後から香夜子ちゃんが持ってきてくれます。大丈夫ですか？　セーフにしてもらえますか？」

みんなのやり取りをニコニコして聞いてたモーニャが、可笑しそうに言う。

「何やの、自分は手ぶらかいな。アウトと言いたいとこやけど、就職祝いで、おまけでセーフにしとく」

キリコが勿体《もったい》をつけた口調で言う。

この春、留学してた大学を卒業したモーニャは、京都の会社への就職が無事に決まった。卒業したら今度こそポーランドに帰ってしまうんではと、ずっと気を揉んでたキリコとあたしは手を取り合うて喜んだ。

チリリンと、またベルの音がして、入ってきたんはモーニャのパートナーの香夜子ちゃんやった。

「滑り込みセーフ」

キリコがいきなりそう言うて、訳がわからへんでキョトンとした香夜子ちゃんにみんなが笑うた。

それからもチリリン、チリリンという音と一緒にまだまだゲストがお店に入ってきた。初めて見る顔の人もちらほらいてる。

カウンターの上には、ゲストからのスイーツがどんどん並べられ、スペースがほぼなくなったころに、もう大方のゲストが揃ったんやろう、淳平くんの合図でよく冷えたシャンパンが開けられ始めた。

お酒には滅法弱いキリコが自分だけにはソーダーが入ったシャンパングラスをかかげて、かんぱーいと音頭をとったんに、ゲストのみんなが一斉にグラスを合わせて、お店の中が幸せなざわめきで満ちる。

「今日はお忙しいところお越しいただきありがとうございます。酔うてしまう前にご挨拶しときます」

淳平くんがゲストの輪の中に一歩進み出て頭を下げた。

「お蔭様《かげさま》で、明日、自分のパティスリーを開店できることになりました。ほんまに嬉しいです。ありがとうございます。このお店の名前、ル・トレゾールはフランス語で宝物という意味なんです。今日は、そのお店のスタートに相応しい、みなさんの思い出が詰まったこんなに沢山の人生の宝もんのようなスイーツを持ってきてもうて、ほんまに幸せです。僕も誰かの宝もんになるような、食べる度《たんび》に幸せになれるようなスイーツをお届けできるよう、がんばっていきたいと思うてます。これからどうぞよろ

「しゅうお願いいたします」

もう一度、深々と腰を折ってから顔をあげた淳平くんの目も、淳平くんの隣りに立つキリコの目もちょっと潤んでる。ゲストが口々に言うおめでとうの言葉がさざ波みたいに二人に寄せては返した。

「どのスイーツ持ってきはったん?」

隣りに立ってた、初めて会うゲストの人に訊かれて、あたしはガジャルハルワを指さした。そして、へぇ、美味しそうと目を細めたその人に問われるままに、自分の宝もんの物語を、あたしはゆっくりりと話し始めた。

本書は書き下ろしです。
この物語はフィクションです。
作中に同一の名称があった場合でも、実在する人物、団体等とは一切関係ありません。

宝島社
文庫

私たちのおやつの時間
（わたしたちのおやつのじかん）

2024年9月18日　第1刷発行

著　者　咲乃月音
発行人　関川誠
発行所　株式会社 宝島社
〒102-8388　東京都千代田区一番町25番地
電話：営業 03(3234)4621／編集 03(3239)0599
https://tkj.jp
印刷・製本　株式会社広済堂ネクスト

Printed in Japan
ISBN 978-4-299-05969-7